Lágrimas na chuva

UMA AVENTURA NA URSS

Livros do autor publicados pela **L&PM** EDITORES

60 poetas trágicos
O chafariz dos turcos
Contos completos
O crepúsculo da arrogância
A dama do Bar Nevada
Dançar tango em Porto Alegre
Diálogos sem fronteira (com Mario Arregui)
Doce paraíso
Francisco Ricardo: uma tragédia esquecida (com Valter Antonio Noal Filho)
Histórias dentro da história
Lágrimas na chuva
A lua com sede
Majestic Hotel
Noite de matar um homem
O pão e a esfinge seguido de Quintana e eu
Rondas de escárnio e loucura
Viva o Alegrete

SERGIO FARACO

Lágrimas na chuva

UMA AVENTURA NA URSS

www.lpm.com.br

L&PM POCKET

Coleção **L&PM** POCKET, vol. 949

Texto de acordo com a nova ortografia.

Este livro foi publicado em primeira edição pela L&PM Editores, em formato 14x21cm, em outubro de 2002
Primeira edição na Coleção **L&PM** POCKET: abril de 2011
Esta reimpressão: março de 2018

Capa: Marco Cena
Revisão: Jó Saldanha e Caren Capaverde

F219L	Faraco, Sergio, 1940-
	    Lágrimas na chuva: Uma aventura na URSS / Sergio Faraco. – Porto Alegre: L&PM, 2018.
	     192 p.; 18 cm (Coleção L&PM POCKET, v. 949)
	
	    ISBN 978-85-254-2270-5
	
	    1. Faraco, Sergio, 1940-. Memórias. I. Título. II Série.
	
	                       CDD 928
	                       CDU 92(Faraco)

Catalogação elaborada por Izabel A. Merlo, CRB 10/329.

© Sergio Faraco, 2002, 2011

Todos os direitos desta edição reservados a L&PM Editores
Rua Comendador Coruja, 314, loja 9 – Floresta – 90.220-180
Porto Alegre – RS – Brasil / Fone: 51.3225.5777

PEDIDOS & DEPTO. COMERCIAL: **vendas@lpm.com.br**
FALE CONOSCO: info@lpm.com.br
www.lpm.com.br

Impresso no Brasil
Verão de 2018

Para Jaime

Sumário

Introdução / 9

1. De Blumenau ao Galeão / 11
2. De Paris aos páramos nevados / 17
3. Março em Moscou / 23
4. Visita à Universidade da Amizade / 29
5. O golpe à distância / 34
6. O dia a dia na cidade cinzenta / 40
7. O coração de Moscou / 46
8. A plebeia no palácio real / 52
9. Desgraça, estás de pé! / 58
10. Tensão na fronteira turca / 64
11. O rio dos homens-peixes / 70
12. O templo do esquecimento / 74
13. Incidente no Cáucaso / 80
14. O casamento / 86
15. Altos e baixos de setembro / 91

16. O ocaso da Era Kruschov / 97
17. A cavalgada das valquírias / 103
18. A entrevista e a consulta / 109
19. Nina / 114
20. A barca de Caronte / 119
21. O batalhão dos mortos / 124
22. O hóspede sem rosto / 128
23. No corredor / 132
24. Os conspiradores / 136
25. O homem chora / 141
26. Meu amigo Jaime / 144
27. Mudanças / 148
28. Contra a obediência / 152
29. Cem dias / 156
30. Avenida Leningrado / 160
31. Lara / 163
32. Preparativos de viagem / 167
33. A longa volta para casa / 172

O autor / 185
Agradecimentos / 189

Introdução

Sergio Faraco

Eu jamais conseguira escrever sobre o tempo que vivi em Moscou. Pouco depois da volta ao Brasil, em 1965, tentei fazê-lo e o trabalho não prosperou, talvez porque minhas emoções ainda estivessem muito cruas e desordenadas. No mesmo ano fui preso em Porto Alegre pela Interpol. Enquanto estive recolhido à antiga sede dessa polícia, na Praça do Portão, os agentes forçaram a porta de meu apartamento no Hotel Carraro e apreenderam todos os meus papéis: cartas, fotografias, documentos e parte do relato que, bem ou mal, eu começara a desenvolver. Usaram-no para me interrogar e aquelas páginas, para mim, tornaram-se pouco menos que malditas.

Mais tarde, em Alegrete, publiquei meus primeiros contos. Meu tio, o médico Eduardo Faraco – que foi reitor da UFRGS –, mostrou-os a Erico Verissimo, que em seguida me escreveu, convidando-me a visitá-lo em

Porto Alegre. Eu o fiz. Ele me perguntou se não pensava escrever sobre minha estada na União Soviética. Respondi que, de fato, tinha essa intenção, embora minha experiência não fosse edificante. Ele ficou pensativo, depois disse que, se era assim, talvez fosse ainda menos edificante narrá-la enquanto vivíamos, no Brasil, sob uma ditadura militar. Ele tinha razão.

Dos anos setenta aos noventa não pude voltar àquele passado, era a época da minha ficção, mas ele continuava a palpitar, fazendo-se lembrar a cada instante como um outro corpo dentro do meu corpo. Tinha eu o direito de matá-lo? Ou de permitir que morresse com minha morte?

No filme de Ridley Scott, *Blade runner*, o androide Roy Batty, na agonia da morte, evoca sua atuação em remotas paragens do Universo: "Eu vi coisas que vocês nunca acreditariam. Naves de ataque em chamas perto da borda de Orion. Vi a luz do farol cintilar no escuro na Comporta Tannhäuser. Todos esses momentos se perderão no tempo como lágrimas na chuva".

Vi menos, mas vi, e aquilo que vi, num quintalejo de angústias terrestres, há de se perder no tempo pelos meus defeitos de escritor e não por ter deixado de narrá-lo. O relato, aqui, começa na viagem de ida e termina na viagem de volta. Mas a história que, durante tantos anos, tive de sufocar como a um grito, essa história não termina aqui.

Setembro de 2002

1
De Blumenau ao Galeão

Em 1963 eu vivia em Santa Catarina, era Chefe de Secretaria da Junta de Conciliação e Julgamento de Blumenau (Justiça do Trabalho). Tinha 22 anos, jogava basquete num clube local e participava de competições de motocicleta em Joinville e Florianópolis. Comecei a me interessar pelos temas políticos quando fiz amizade com um advogado, Francisco José Pereira, prócer comunista em Santa Catarina e diretor do jornal *Folha Catarinense*. A convite dele entrei para o Partido Comunista Brasileiro.

Na mesma época, senti as primeiras inquietudes que me levariam à literatura e passei a frequentar outra roda de amigos, da qual fazia parte o hoje escritor Roberto Gomes, autor do clássico *Crítica da razão tupiniquim*. Não sei como podia manter tantos grupos de convivência: o dia a dia com meus funcionários, o pessoal do basquete, das corridas de motocicleta, da literatura e minhas conversas de fim de tarde com Francisco, isso sem falar nos casos sentimentais próprios da juventude. Preferia essas atividades prazerosas à insipidez da militância partidária, mas não deixava de fazer algo pela "causa": auxiliava as finanças do Partido. Pagava a mensalidade ao tesoureiro, comprava flâmulas com imagens de Lênin, Marx, Engels ou Fidel Castro, e livros de filosofia marxista vindos da República Democrática Alemã que não podia ler, pois eram editados no vernáculo. Fazia minhas revoluções, decerto, que começavam e terminavam na mesa do Restaurante Gruta Azul. Quando Francisco, em nome do Partido, ofereceu-me um curso de Filosofia e Economia Política em Moscou, certamente não o fez levando em conta minha atuação, mas a amizade que cultivávamos e, de resto, a urgente necessidade de preencher a vaga de Santa Catarina naquele programa do Partido Comunista da União Soviética, que congregava militantes de todo o mundo.

Dispunha de uma semana para me apresentar na sede nacional do partido, no Rio de Janeiro. Naqueles poucos dias fiz o passaporte em Florianópolis, estive em Porto Alegre para regularizar minha situação funcional e fui a Alegrete me despedir da família.

No Rio, no 14º andar do nº 90 da Travessa Francisco Serrador, na Cinelândia, conheci meus vinte companheiros de aventura. Com exceção de dois ou três, eram operários, alguns já bem idosos, e tive o pressentimento de que alguma coisa estava errada: que espécie de curso era aquele que eu ia fazer? Uma preocupação passageira, logo abafada pela ansiedade da viagem e pela perspectiva de conhecer Luiz Carlos Prestes, que naquela semana conduzia uma reunião do secretariado.

O embarque, por algum motivo, foi transferido para a semana seguinte. O partido nos hospedou no alojamento do Sindicato dos Ferroviários, na Zona Norte, e todas as manhãs devíamos comparecer à sede para receber o vale das refeições. Almoçávamos na Pensão Curió, íamos ao cinema e tomávamos o bonde para um trajeto de uma hora até o alojamento, levando um lanche para a janta. As noites eram escabrosas. Dormíamos em beliches, acossados pela fúria das pulgas e dos percevejos. De manhã regressávamos à Cinelândia, tontos de sono e com as marcas do combate noturno.

Vi Prestes umas quantas vezes. Parecia confiante nos rumos da política brasileira, não adotava nenhum cuidado com a segurança e, embora o PCB fosse uma agremiação ilegal, dava entrevistas para jornais e emissoras de rádio. Não imaginava, penso eu, que na sombra se organizava o golpe para depor o Presidente João Goulart. Conversei com ele apenas uma vez, em dada circunstância que precisa ser explicada.

Convocou-se uma reunião do grupo que ia viajar e um funcionário do Comitê Central ordenou que preenchêssemos uma ficha com os dados pessoais e a relação dos serviços prestados ao partido. Recusei-me, considerando uma temeridade o preenchimento de fichas cadastrais por membros de um partido que, ao longo de sua história, geralmente tivera de atuar na clandestinidade. Ele insistiu: se não queria escrever, que declarasse verbalmente a qualidade de meu trabalho político. Ao tomar conhecimento de que minha militância se restringia à contribuição financeira, espantou-se, não compreendia por que eu fora indicado pelos camaradas de Santa Catarina. Deixou a sala e lá estava eu a me perguntar se minha viagem à Rússia terminaria na Cinelândia e, enfim, o que faria para retomar a velha vida, depois que ela se interrompera na semana anterior como num corte de tesoura.

O funcionário retornou, solicitando que o acompanhasse a outra sala.

Pequeno, macilento, pomos salientes que tornavam seus olhos encovados, aquele homem atrás da escrivaninha fora o comandante de outros 900 homens rebelados que, de 1924 a 1927, tinham percorrido 24.000 quilômetros do território brasileiro, vencendo 53 combates contra as forças legais. Sob sua liderança haviam lutado brasileiros da expressão de Miguel Costa, Juarez Távora, Siqueira Campos, João Alberto e Cordeiro de Farias. Tê-lo diante de mim, a sós, era um privilégio, pelo conhecimento que possuía de sua história – glórias, sofrimentos e mais o romantismo de Jorge Amado em *O cavaleiro da esperança* –, mas a figura, a voz, as palavras não chegaram a me impressionar. Talvez porque tenha conversado comigo com simplicidade, dizendo coisas banais que qualquer um diria, talvez porque, cultuando o mito, eu esperasse uma presença avassaladora e me tivesse defrontado apenas com um homem que parecia muito cansado.

Quis saber de onde eu era e observou que conhecia Alegrete, cidade muito quente porque debaixo dela, quase à superfície, estendia-se uma imensa laje. O solo daquela região fronteiriça lhe causara muitos transtornos quando, como oficial-engenheiro, trabalhara na construção da via férrea entre Alegrete e Quaraí. Com relação à viagem, foi generoso. Eu viajaria. Se ainda não era comunista, seria quando voltasse.

Impressionado eu estava, e negativamente, com o otimismo dos burocratas do partido. Uma ficha cadastral! E mais: as passagens tinham sido tiradas diretamente para Moscou, via Praga, ou seja, o partido informava por escrito à polícia que um pelotão de brasileiros – a maioria pobre, malvestida e semianalfabeta – estava embarcando para um país socialista. E isso em plena Guerra Fria, pouco depois da Revolução Cubana e da Crise dos Mísseis e enquanto conspiravam os golpistas para o movimento de 31 de março.

No Aeroporto do Galeão perguntei ao camarada que nos assistia por que não haviam tirado as passagens somente até Paris, obtendo o visto soviético em separado. Chamou-me à parte, então, o paulista com feições de *cholo* inca que o partido nomeara líder do grupo. Recomendou-me cuidado, pois aos olhos dos demais, desde a questão do cadastro, eu estava me portando como um "agente provocador". Agente provocador? Eu? Já iam começar ali minhas diferenças com o grupo?

E a ninguém causou espécie a retenção de nossos passaportes até a hora do embarque. E a ninguém causou espécie termos de passar, os viajantes, às dependências policiais do aeroporto, onde deixamos estampadas nossas identidades digitais e fomos todos submetidos, um por um, a uma constrangedora sessão fotográfica.

Foi assim que passei minha última hora no Brasil.

2
De Paris aos páramos nevados

Nosso itinerário previa escala em Paris e ida a Moscou via Praga. A greve dos aeroviários da Air France acarretou uma mudança: outra companhia nos levaria à capital tcheca, intercalando um pernoite em Amsterdam.

Em Orly desde as primeiras horas da manhã, embarcaríamos somente à noite e convidei alguns companheiros para um passeio no Champs-Elysées, onde poderíamos admirar, quando menos, o Arco do Triunfo e a Praça da Concórdia. Ignorava se um dia poderia voltar a Paris e ansiava por ver os lugares que todos viam quando visitavam a cidade e eu conhecia tão só pelas estampas do Sabonete Eucalol. O Líder e outros camaradas idosos se opuseram: íamos estudar em Moscou às expensas do povo soviético e o dinheiro do povo soviético não devia ser malversado em turismo. Insisti, houve discussão, mas não pude sair. O Líder recolhera os passaportes para tratar do novo itinerário e os reteve até a hora do embarque.

À noite, lá estávamos nós em Amsterdam no Hotel Die Port Van Cleve, por conta da Air France. Persistia a proibição de sair. Depois da janta, quando os demais se recolheram, pedi ao porteiro que me favorecesse com um endereço e chamasse um táxi. O parceiro de quarto poderia denunciar minha escapada, mas, ainda assim, queria nutrir minha passagem pela cidade de Baruch Spinoza com alguma substância humana que não encontraria na frieza de um hotel de luxo. A hora não era própria para ver diques, canais, comportas ou o palácio real dos holandeses. Chovia. Que outra coisa podia fazer senão me divertir? Naquela noite, estava mais propenso ao hedonismo de Epicuro do que ao racionalismo de Spinoza.

Na mesa ao lado, franceses comemoravam. Médicos, congressistas, um deles me ofereceu cerveja e logo mudei de mesa. E aquilo foi indo noite adentro. A casa cheia, na folia de uma bandinha todos cantavam e penso que eu também, no idioma universal dos bêbados felizes. E então era preciso que o rei virasse um caneco goela abaixo e o rei era cada um, na sua vez. E os franceses batendo palmas, e a bandinha, e as dissolutas cantorias, e as mulheres... Viva o rei! Mas se ele se acovardava era rei morto e tome cerveja na cabeça de sua reles majestade.

Fim de festa.

A dama que atende por Gerda me conduz, amparado, por um corredor lateral da casa. Passamos por um estacionamento de bicicletas. Paro, quero olhar, são dezenas de bicicletas e os guidons enfileirados me lembram cruzes de um cemitério. E se eu morro ali, num coma alcoólico? Não, ainda respiro, embora me sinta bem mal. Ela me empurra, fala e não entendo nada. Andamos umas poucas quadras pela rua estreita, cheia de poças d'água. O pequeno edifício onde ela mora parece um sobradinho de bonecas. Defronte há um canal com uma velha ponte e, quase na entrada desta, uma árvore desfolhada. Também quero ver e, ao me debruçar na guarnição da ponte, tenho a sensação de que o chão se move como as águas do canal. Vomito. Ela fala e fala, limpa minha boca com a aba da camisa e me puxa pela mão.

É um terceiro andar, sem elevador. Para reanimar o pobre hóspede, serve-lhe café preto com um queijo malcheiroso. Madrugada. Chove ainda. E eu ali, rei morto, com um gosto de colubiazol na boca. Em algum lugar perdi meu cinto e no bolso do paletó encontro uma niqueleira que jamais foi minha. Preciso ir embora e é o que lhe digo em bom português. Ela ri e eu abro os braços: vrrum, avion, vrrrum, vou perder o avião! Ela repete: vrrum. Avion? Sayonara? Yes, sayonara. Levanta-se e vai buscar a bolsa. Sayonara? E me devolve o passaporte e a carteira, que estão em seu poder, sem que eu saiba, desde a sagração do primeiro rei. Ainda me sobram 65 dólares dos 100 que o povo soviético me adiantara para a viagem. Que dou a ela, dizendo a mim mesmo que se o dinheiro do povo soviético, de tal modo, não está bem-empregado, então o dinheiro do povo soviético não serve para nada.

Em Praga, uma tarde e uma noite. Sabia eu que a terra natal de Franz Kafka era uma bela cidade – palácios, igrejas e pontes remontando a séculos longínquos –, mas não seria agora que a conheceria. Estávamos confinados no Hotel Praga. No entanto, como a Tchecoslováquia era um país socialista, foi permitido ao grupo um passeio motorizado, que compreendeu um encontro com comunistas tchecos e uma meteórica parada diante do Palácio Hradcany, a sede do governo. E nada mais vi, exceto velhos automóveis Skoda e caminhões em profusão – caminhões norte-americanos de antes da guerra – circulando por ruas debruadas de gelo sujo.

Eu podia me comover, e me comovia, ao notar como meus companheiros se regozijavam de estar pelo primeira vez no outro lado da *Cortina de Ferro*, como se admiravam de tudo o que viam nas dependências do hotel – a suposta qualidade dos pratos, os lustres de lâmpadas queimadas, as magras toalhas que traziam o nome do hotel –, como se exclamassem, num desafogo: "Olhem só o que pretendemos com nossas lutas, nosso sangue, nossos martírios". Para mim, era menos evidente a correspondência entre a grandeza do socialismo e as pequenas coisas que via ao meu redor. Naquele país, naquela cidade, naquele regime, não se consertavam os trincos das portas? A camarada camareira não podia ser mais gentil, ao invés de me despertar com gritos irados? Era próprio daquela etapa do socialismo usar na recepção uma registradora de manivela? E enquanto meus companheiros celebravam aquelas estranhas conquistas, eu me perguntava por que a revolução dos camaradas tchecos não pudera produzir um hotel decente. Ou nem ao menos melhorá-lo, já que fora construído antes da Segunda Guerra.

À noite, o Líder convocou uma reunião para tratar de nosso dia a dia em Moscou. Leu os mandamentos que trazia da Cinelândia – não usar roupa ocidental, não fazer amizade com os russos, não namorar etc. – e pela manhã seguimos viagem num *Tupolev* da Aeroflot, a companhia aérea estatal da União Soviética.

Temperatura glacial em Moscou, 28 graus negativos, e os funcionários do PCUS conduziram um ônibus à pista, para que não gelássemos no trajeto entre a aeronave e o prédio do aeroporto. Dali fomos levados a uma loja, onde cada um comprou, com dinheiro do PCUS, botinas acolchoadas, luvas, o sobretudo e a *chápka* – o gorro de pele. No mesmo ônibus seguimos para um lugar inóspito muito distante da cidade, um casarão num páramo nevado, onde devíamos permanecer, numa espécie de quarentena, até o dia em que se iniciasse o curso.

Aquele edifício isolado seria a nossa casa durante um mês e tanto de enervante espera. Podíamos andar quilômetros em qualquer direção, nada encontraríamos senão neve e arvoredo esparso. Nosso cotidiano era de reuniões, em que se discutia nosso comportamento diário – "Fulano fez muito barulho à noite" ou "Beltrano despertou depois das dez" ou "Sicrano ainda não enturmou com o grupo". O ócio e a solidão agravavam as idiossincrasias. Cada qual queria ser mais "comunista" do que todos, como se de tal condição fosse própria uma sisudez monástica. Inaugurou-se o denuncismo e veio à tona a minha fuga em Amsterdam. Nada do que um fazia passava despercebido ao outro, e todos reclamavam de todos, publicamente, num renque de queixas que ia desde o modo de sentar à mesa ao uso do papel higiênico.

Em meio a tanta energia desperdiçada, um momento de emoção, de congraçamento: em certa madrugada ouvimos pela Rádio Nacional o célebre comício das *Reformas de Base*, no Rio de Janeiro, em que o Presidente João Goulart fez um discurso inflamado e radical. Aquilo soava como um prenúncio da revolução. Nem por longe imaginávamos que, sem demora, receberíamos notícias que fariam de nossa permanência em Moscou um pesadelo e da volta ao Brasil quase uma quimera.

3

Março em Moscou

Em março fomos removidos para o alojamento definitivo, na cidade. Na véspera, os funcionários recolheram nossos passaportes e nos deram outros, expedidos pelo PCUS. O novo documento ordenava que o portador fosse auxiliado e protegido pelas autoridades do país, mas nos foi recomendado que só o apresentássemos em caso extremo. No dia a dia, devíamos usar um cartão que também nos deram e era uma cédula comum de identidade.

O alojamento era um edifício de seis andares, no bairro *Aeroport*, assim chamado porque ali, outrora, havia um campo de aviação, depois convertido em praça. Prédio antigo, um banheiro por andar, mas os quartos eram confortáveis, com aquecimento. A cama, a escrivaninha, o roupeiro e, fixado na parede, um chega pra lá na privacidade do hóspede: o pequeno radiorreceptor sintonizado na Rádio Moscou. No único botão, o do volume, as alternativas: ouvir alto ou baixo a programação da emissora. Já na primeira noite despertei de madrugada ouvindo um monocórdio comentário, em espanhol, sobre a agricultura do Casaquistão. O fio do aparelho era embutido na parede e tive de arrancar-lhe o cofre para fazê-lo calar.

A menos de mil metros dali, defronte à praça do antigo aeroporto, erguia-se o edifício do Instituto Internacional de Ciências Sociais, que passamos a frequentar em classes matinais. Almoçávamos no restaurante do instituto e na primeira refeição tivemos uma cena vexatória. Ao entrarmos todos na fila das bandejas, brasileiros que pertenciam ao grupo anterior vieram nos ensinar como pedir, em russo, aquilo que desejávamos. Um dos nossos, natural do Piauí, indispôs-se com o prestimoso tradutor e houve entre ambos uma acalorada discussão. O nordestino exigia um prato à base de mandioca que, por certo, não estava no cardápio.

Ainda não começara o degelo e a temperatura caía a muitos graus abaixo de zero. Dia e noite eu ouvia os caminhões que desobstruíam as ruas, amontoando a neve no meio-fio ou nas calçadas. De manhã cedo ia para o instituto enterrando as botinas na massa branca que, a cada dia, tornava-se mais cinzenta, pois naquelas vias estreitas entre os blocos residenciais os veículos não podiam entrar, e a neve, sobre acumular, absorvia muita sujeira. Depois do almoço comprava ovos no refeitório, e à noite, no alojamento, batia uma gemada, que adicionava ao vinho. Era o melhor remédio para aquecer o corpo.

O curso compreendia cinco matérias: Filosofia e Economia Política Marxistas, Movimento Operário, História do PCUS e Língua Russa. As aulas eram ministradas em espanhol e, por exceção, em russo, com a assistência de duas tradutoras de português que se revezavam.

Decorrida uma semana já se fez patente que minha desconfiança em relação ao curso não nascia de mero preconceito: limitava-se aos rudimentos daquelas matérias e à crítica sistemática de todas as teorias filosóficas e econômicas que não entrosassem nos postulados do Marxismo-Leninismo. A ida para a Rússia era um prêmio, uma espécie de cartão de prata para honrar velhos militantes, e o curso parecia não ter outra função senão a de ocupá-los. Um gesto de gratidão do PCB e do PCUS e a mim não me competia discuti-lo. Eu simplesmente tomara o bonde errado.

Ainda no início de março, o Líder convocou uma reunião e dividiu o grupo em duas turmas, a A, que compreendia também os veteranos, e a B, da qual fazia parte a maioria dos recém-chegados e que seria comandada por ele mesmo. Penso que repartiu o pessoal e se associou conosco para livrar-se dos veteranos, que ignoravam sua liderança.

As reuniões da Turma A eram raras, as nossas, bissemanais. E logo na primeira os dirigentes se uniram na censura ao meu comportamento – as camareiras haviam contado que eu desmontara o rádio. Reunião de grupo para acusar um companheiro era uma novidade, ainda. Nas seguintes, tratamos de outros assuntos, como a pauta dos passeios coletivos.

Visitamos juntos a Galeria Tretiakov, criada em 1856, que guarda as melhores peças produzidas pela pintura russa desde o século XI. Também em março assistimos a um espetáculo no edifício cilíndrico, sem janelas, construído especialmente para a execução do poema sinfônico *Abertura 1812*, de Tchaikovski, que evoca a célebre Batalha de Borodino. Esse feroz confronto se deu em 1812, entre os franceses de Napoleão Bonaparte e os russos do Marechal Mikhail Kutusov. O resultado foi indeciso, mas permitiu a Napoleão alcançar Moscou com seu exército exausto, para um mês depois proceder à famosa e trágica retirada em que perdeu milhares de soldados.

Antes dos meus 20 anos eu assistira em Porto Alegre a uma peça de Brecht cujo título não recordo. Quando um dos personagens disparou um tiro de revólver, assustei-me de tal modo que provoquei o riso da plateia. Em Moscou, no curso da refrega musical franco-russa, que eu ouvia pela primeira vez, meu susto e as risadas foram condizentes com o ruído: era um tiro de canhão. Jamais pude compreender esses excessos de realismo no palco. Preferiria os símbolos do teatro elizabetano, em que uma floresta, digamos, podia ser representada por um galho de amoreira – embora naquela época também se fizessem, eventualmente, experiências "realistas": em 29 de junho de 1613, em Londres, na estreia da peça *A famosa vida do rei Henrique VIII*, de Shakespeare, a entrada do rei em cena foi saudada com tiros de canhão e, como se sabe, o Teatro Globo se incendiou, consumindo-se em menos de uma hora.

O Museu de Lênin, na Praça da Revolução – dedicado à vida do fundador do PCUS e do estado soviético –, e o Museu Histórico, na Praça Vermelha – onde fotografei o diminuto leito de campanha que Napoleão usou na invasão da Rússia –, visitei sozinho. Era um bom começo para quem pretendia conhecer razoavelmente uma cidade com 60 museus, 30 teatros e 200 livrarias, tudo isso distribuído numa superfície de quase mil quilômetros quadrados, por onde circulavam oito milhões de criaturas.

Já escrevera diversas cartas à família.

Em minhas visitas ao correio costumava atravessar uma pequena praça, em cujo centro havia um prédio solitário que me intrigava. Não dispunha de nenhum letreiro na fachada, como era a regra em Moscou naqueles anos, e eu não conseguia divisar seu interior pelas vidraças embaciadas. Um dia abri a porta e entrei. Era um café. Numa das mesas, cinco garotas. Apanhei uma cadeira e me aproximei, demonstrando que pretendia lhes fazer companhia. Concordaram e agradeci – *spacibo* –, dizendo-lhes que, infelizmente, não falava russo – *yá nie gavariú pa ruski* – e que, enfim, era *brasilski*. Risinhos. Cochichos. Para alimentar um improvável diálogo, dei a entender que me perdera e estava procurando a *poshta* – o correio. Acharam muita graça de meu esforço para entendê-las. Tomei café e fiz uma proposta que compreenderam rapidamente: *závtra* – amanhã – queria me encontrar com uma delas, no mesmo horário e no mesmo lugar.

No dia seguinte estava lá a *diévushka* que me parecera mais amável. Chamava-se Nina. Nina Aleksandróvna Lavriêntieva. Tinha 17 anos e trabalhava numa fábrica de relógios do *Dinâmo*, bairro próximo do *Aeroport*. Era bonita, alegre, divertida e loquaz. Ou, quem sabe, falava tanto porque devia falar por dois: eu já sabia obter informações e as entendia, mas ainda não tinha condições de conversar.

4
Visita à Universidade da Amizade

Getúlio Vargas escreveu em nossa história uma página de contradições: grandes esperanças que se confrontavam com não menores decepções. De um lado, os avanços sociais e econômicos, como o voto secreto e das mulheres, a jornada de trabalho de oito horas, a criação da Justiça do Trabalho, da Companhia Siderúrgica Nacional, da Fábrica Nacional de Motores, da CLT e da Petrobras. De outro, a repressão a populares que apoiavam a Revolução Constitucionalista, a proscrição da Aliança Nacional Libertadora, a tortura e o assassinato de participantes da Intentona Comunista, a entrega da mulher de Prestes à polícia política da Alemanha nazista, a decretação do Estado Novo e a criação do DIP para vigiar e perseguir inimigos políticos – perverso autoritarismo que fazia o país retroceder às fogueiras inquisitoriais.

Eurico Gaspar Dutra, pessedista que intermediou as etapas da Era Vargas com o voto do PTB, foi um Getúlio sem a atenuante das melhorias sociais. Num só ano, 1947, proscreveu o PCB – legalizado dois anos antes –, fechou a CGT, interveio em 100 sindicatos e rompeu as relações diplomáticas com a União Soviética, além de caçar mandatos de senadores, deputados e vereadores no ano seguinte.

Minha geração nasceu e cresceu ao sol e à sombra do getulismo ou dos efeitos dele, sucumbindo à radicalização de seus paradoxos. Desorientada, até nos sonhos trazia o estigma dessa ambiguidade.

Quem de nós, nos anos cinquenta, não sonhava em alistar-se na Legião Estrangeira? Tínhamos visto nos cinemas, com vários anos de atraso, o filme de William Wellman, *Beau geste* (1939), com Gary Cooper e Ray Milland, e também estava em voga o romance de P. C. Wren, no qual se baseara a fita. Os *spahis* do 19º Batalhão com suas largas calças e as capas vermelhas, os *tirailleurs* de azul e ouro, os *chasseurs d'Afrique* de azul-claro, quem de nós não desejava, na época, ser um *légionnaire*, para se ataviar com esses uniformes? Empolgava-nos o charme do passado. Escrevi uma carta ao *bureau de recrutement*, à Rua St. Dominique, em Paris, e não recebi resposta.

Era apenas um sonho – um sonho à direita –, não nos compenetrávamos, os jovens de cinquenta, de que aquele passado era um símbolo do conservantismo colonial e da asfixia dos povos africanos.

E quem de nós, no início dos anos sessenta, não sonhava matricular-se na Universidade Patrice Lumumba, em Moscou – assim chamada em homenagem ao jovem ex-primeiro-ministro congolês que lutara pela unidade de seu país e fora destituído e assassinado? Quem fosse estudar na romântica universidade era também um *soldier of fortune*, mas sob outra ótica, pois a URSS representava o futuro. Também escrevi uma carta. Também não recebi resposta. Também era um sonho – um sonho à esquerda –, não nos compenetrávamos, os jovens de sessenta, de que ninguém é dono do futuro.

Éramos, naqueles anos, uma *lost generation* tupiniquim, e fomos nós, com nossa perdição, que elegemos a vassoura bêbada de Jânio Quadros para a Presidência da República.

Nunca estive na Argélia e, portanto, não tive a oportunidade de conhecer Sidi-bel-Abbès, berço da Legião e sede do 1º Regimento, mas, estando em Moscou – e tão logo pude me orientar em sua topografia –, quis visitar a universidade de minhas fantasias, que passara a chamar-se Universidade da Amizade entre os Povos Patrice Lumumba, ou simplesmente *Druzhba* – amizade. Um desejo de curioso, mais para conhecer os brasileiros que, escrevendo suas cartas, tinham obtido uma resposta.

O conjunto de edifícios situava-se não longe do Aeroporto de Vnúkovo, na vizinhança da Avenida de Lênin. Fui de trem. Ia sentado à janela, absorto, quando um idoso senhor no banco defronte me dirigiu asperamente a palavra. Disse-lhe em russo que não entendia e aquilo o enfureceu mais ainda. Ao cabo de muita gritaria, pude compreender o motivo de sua ira: estava eu bem-acomodado em meu banco, enquanto uma senhora, idosa como ele, permanecia em pé, sem ter onde sentar. Prontamente me levantei, mas ele continuou resmungando, comentando o caso com outros passageiros e me indicando com o queixo, como a dizer que era por causa de gente como eu que o mundo não ia para a frente.

Começava mal minha visita.

Terminaria pior.

Na universidade, localizei o bloco onde viviam os brasileiros e subi ao andar que me indicaram. No longo corredor, várias portas com a bandeirinha do Brasil e bati numa delas, ao acaso. Quem ocupava aquele quarto era um gaúcho. Quando mencionei que também era do Rio Grande, e de Alegrete, ele se assombrou. Chamava-se Lutero Mota Soares e, afinal, era mais um alegretense extraviado nas lonjuras do mundo. Não nos conhecíamos, mas uma de suas irmãs tinha sido minha colega no ginásio. Para comemorar o encontro, Lutero acendeu o fogareiro e preparou o feijão preto que estava guardando para uma ocasião que o merecesse.

Conheci outros brasileiros na *Druzhba*, entre eles o jornalista José Monserrat Filho, que me acompanhou em meu retorno ao centro da cidade. Nos anos oitenta, encontrei Monserrat em Porto Alegre, no Restaurante Copacabana. Ele não se recordava de nossa pequena viagem. Compreenda-se: foi um dia amargo para todos nós, os brasileiros que vivíamos em Moscou. Enquanto nos deliciávamos com a feijoada de Lutero, ficamos sabendo que, no Brasil, estalava o motim militar.

5
O golpe à distância

As mudanças no Brasil causaram tamanha ansiedade em meus companheiros que muitos deles tiveram de ser acalmados com medicamentos e outros não o foram nem depois de medicados. Quase todos eram casados, com muitos dependentes, viviam de modestos salários ou dos proventos de escassas aposentadorias. Viajando, tinham deixado as famílias aos cuidados do partido ou de sindicatos cujos dirigentes eram comunistas. Com o partido na clandestinidade e os sindicatos inoperantes ou sob intervenção, temiam, com razão, pelo bem-estar dos seus. Alguns pediram para voltar. Os funcionários do PCUS que atuavam no instituto não consentiram: ainda que não fossem identificados pelo plantão policial dos aeroportos – e o seriam, lá estavam seus nomes e fotografias –, sempre acabariam na prisão, tão ou mais imobilizados do que em liberdade num país longínquo. Foi então que se persuadiram da imprudência dos camaradas do Rio de Janeiro, tirando as passagens para a URSS – uma ideia, quem sabe, produzida pelo mesmo cérebro que concebera as fichas cadastrais.

E estas, que fim teriam levado? Em que mãos estariam nossos nomes, endereços, telefones e o declarado grau de dedicação ao Partido?

Não podíamos enviar cartas aos familiares, sob pena de comprometê-los, e não era crível que eles se atrevessem a escrevê-las, postando-as para Moscou. Telefone nem pensar. Nos anos sessenta, uma chamada da União Soviética para o Brasil demandava uma espera de dez ou mais horas, sem a certeza de que a ligação seria completada. A impossibilidade de comunicação fez com que, para muitos, a ansiedade se convertesse em desespero, e as notícias que recebíamos em nada contribuíam para minorá-lo, alternando de tal modo boas e más perspectivas que já ninguém sabia o que pensar. Dizia-se que Leonel Brizola ia reeditar a *Legalidade* no Rio Grande, em seguida a agência *Prensa Latina* divulgava que, em Recife, o dirigente comunista Gregório Bezerra fora preso e arrastado pelas ruas; a imprensa de Moscou aludia a focos guerrilheiros que se disseminavam, resistindo à mudança, e logo nos abalava a informação de que a polícia apreendera uma caderneta de Prestes com endereços e telefones, daí resultando a prisão de membros do Comitê Central.

Dias depois do Golpe chegou a Moscou um médico que fugira do Brasil, e os funcionários o conduziram ao alojamento para conversar conosco. Ele garantiu que a contravolta era iminente, mas ninguém acreditou. Se a conjuntura era favorável, por que tratara de raspar-se, ao invés de ajudar os companheiros que agora se esfalfavam na clandestinidade? Qualquer esperança que tivéssemos deixou de existir quando soubemos que Brizola seguira os passos do cunhado e também se exilara.

Ainda em abril a direção do instituto anunciou providências para restabelecer o contato com as famílias. As cartas seriam remetidas ao Brasil na mala diplomática e postadas no correio brasileiro pelo pessoal da Embaixada Soviética, com novos envelopes. As minhas nunca chegaram. Como no filme de Gabriele Salvatores, *Mediterrâneo*, amarelaram na gaveta de algum Sargento Lo Russo.

Nossas reuniões tornaram-se mais conturbadas e divergências por dá cá aquela palha redundavam em acusações e inimizades. Alguns companheiros começaram a beber. Um deles, o paranaense G., todas as noites – *todas* – chegava ao alojamento embriagado e gritando. O rei armênio Tiridat III, torturado pelo remorso depois de mandar matar a virgem romana Ripsimé, que lhe recusara a mão, vagava pela floresta, uivando, seguido pelos cortesãos atônitos. G. uivava no corredor dos quartos, e ia do começo ao fim do corredor, e do fim para o começo, até que alguém o agarrasse e o levasse para a cama. Íamos dormir sabendo que, de madrugada, seríamos acordados por aquele berreiro, que ecoava ominosamente no silêncio do edifício. Como Tiridat, G. era um caso suspeito de licantropia.

Foi nesse período que os professores divulgaram os resultados das primeiras provas mensais. O Líder convocou a Turma B para uma avaliação e saiu-se com uma esquisita advertência: ninguém devia se impressionar ou se sentir diminuído com meu desempenho, pois, ao contrário da maioria, eu tivera a chance de fazer estudos regulares e entrava no curso com a vantagem do berço. E voltaram à berlinda incidentes superados como a altercação no aeroporto de Paris, a fuga em Amsterdam, a quebra do rádio e – fato novo – a questão do namoro, pois alguém me vira no *Kinô Rossía* – Cinema Rússia – com uma garota, algo que fora expressamente proibido. Nenhuma palavra sobre o Lobo do Paraná e outras bebedeiras.

Era a segunda vez que as vozes mais dominadoras e hostis da Turma B se concentravam em minha conduta. Qual seria, eu me perguntava, a origem dessa vigilância? O "berço"? Meu grau de informação cultural? Minha mocidade e meu gosto de viver? Para contestá-los, poderia ter dito que Engels, mais do que ninguém, trazia a "vantagem do berço", pois era filho de um rico industrial, e que outros como ele tinham conseguido estudar: Marx formara-se em Filosofia na universidade alemã de Iena, e Lênin em Direito na universidade tártara de Kazan. Mas nada disse e me debatia numa emocional ambiguidade: esforçava-me para compreendê-los, ao mesmo tempo em que me indignava com o que ouvira na reunião.

É preciso me aproximar, dizia comigo, chegar mais perto deles, para que me vejam e descubram o que pode haver de bom em mim, para que os veja e lhes descubra as qualidades que, por enquanto, a mim me ocultam.

No domingo seguinte dei aquele que pensava ser o passo inicial dessa aproximação. Tinha planejado algo que contribuísse para arrefecer as tensões do Golpe. Com papel, máquina de escrever, tesoura e alfinetes, fiz o jornal mural que, na madrugada de segunda, afixei no quadro que havia no saguão do andar, um lugar por onde todos passávamos a caminho do instituto. Quando despertei, ouvi as risadas. Divertiam-se com as crônicas que eu escrevera sobre eles mesmos, com as notícias mentirosas, com as falsas entrevistas, e aquelas truanices, no instituto, forneceram os alegres assuntos da manhã. Um êxito, conquanto eu tivesse notado alguma reticência entre os dirigentes.

Teria vida fugaz esse arranjo.

Na noite do mesmo dia, quando retornei ao alojamento depois de ter passado a tarde na cidade, encontrei o jornal no chão, rasgado em pedaços tão minúsculos quanto parecia ser grande a fúria de quem o fizera. Ajoelhei-me, tomado de emoção, para recolher aquilo que, agora, era da alçada das camareiras. Em meu quarto, durante longo tempo permaneci sentado à beira da cama. Tivera uma experiência única, vendo até que ponto podia chegar o ódio que alguém me devotava. Mais do que um lucro, era um consolo.

Na reunião seguinte, imaginei que algum companheiro incluiria o episódio na ordem do dia. Nenhum o fez e eu tampouco. Já decidira me afastar do grupo, sobretudo da Turma B, embora não soubesse como poderia fazê-lo.

6
O dia a dia na cidade cinzenta

Nos anos sessenta, um jornalista da revista *Cláudia* passou três semanas em Moscou e fez este registro: "[...] não achei nenhum microfone escondido em meu quarto do Hotel Metropol; ninguém nos seguiu nas noites cobertas de neve em que nos aventuramos à procura de um restaurante que ainda não estivesse lotado; ninguém nos impediu de fotografar livremente. [...] Moscou não é nada daquilo que a gente imagina. É melhor".

De fato, Moscou diferia da pintura que a propaganda anticomunista costumava emoldurar, uma cidade cinzenta, imersa em atmosfera semelhante àquela descrita por George Orwell em *1984*. Suas jaças não eram tão flagrantes. De cinzenta nada tinha, exceto o poluído gelo de abril que derretia. Era uma cidade iluminada pelas cores sólidas de seus edifícios, quando mais não o fosse pela púrpura de suas mil bandeiras.

Podia-se andar e fotografar à vontade. Jamais, em momento algum, em lugar algum, precisei mostrar meus documentos. Apenas uma vez, na União Soviética, fui admoestado ao fotografar, mas não em Moscou e tampouco na Rússia, foi em outra cidade, em outra república – assunto para mais adiante.

Se em qualquer tempo eu desejasse tomar o trem para uma localidade próxima, como Gorki, Smolenski, Tula ou Kalinin, ou mais distante, como Kiev, Leningrado, Kharkov ou Kazan, *pajálusta* – por favor –, que o tomasse, ninguém impediria ou exigiria um especial salvo-conduto.

Minhas excursões, no entanto, limitavam-se a Moscou, por causa das aulas no dia seguinte. Depois do almoço mandava preparar sanduíches no restaurante do instituto e comprava meio litro de leite. Era a janta, que carregava na sacola em minhas andanças vespertinas.

Já não fazia tanto frio.

Embarcava na *Stantzia Aeroport* do metrô, passando por outras não menos suntuosas estações para chegar ao centro – *Dinâmo*, *Bielorúskaia* e *Maiakóvskaia* –, e ia fazer a ronda das heranças arquitetônicas do czarismo ou às compras na movimentada Rua de Gorki – *Úlitsa Górkova* –, geralmente para me prover de filmes, papel fotográfico e soluções para revelar e copiar. Por volta das cinco horas estava no *Dinâmo*, esperando Nina à porta da fábrica. Costumávamos nos sentar num banco do passeio central da Avenida Leningrado – *Prospect Leningrad* –, que fazia esquina com a Rua Armênia Vermelha – *Úlitsa Krásnaia Armênskaia* –, onde ela morava. E lá ficávamos, jantando sanduíche com leite e tentando conversar. Ela falava, eu escutava. E pouco entendia.

Nina vivia com os pais numa *block house* que, outrora, teria sido uma confortável moradia. Agora residiam ali cinco famílias, e a cozinha, a geladeira e o banheiro eram comuns. Dormíamos no sofá de uma peça que dispunha de uma tevê P&B, a mesa com suas cadeiras e um beliche, ocupado por crianças de uma das famílias. Quem ia ao banheiro tinha de passar por ali, e quando passava, homem ou mulher, não se pejava de acender a luz e nos olhar. Meu constrangimento se agravava com a atitude dos pais dela: não me dirigiam a palavra. Deviam achar – e tinham razão – que aquela ligação já nascera sem futuro e com um termo final: o dia em que eu voltasse para o Brasil. Ainda que os entendesse, às vezes me aborrecia e, tarde da noite, retornava ao alojamento.

Meus companheiros, em regra, já dormiam, e eu atravessava o corredor sem fazer barulho, com as cautelas de um ladrão. Deitava-me, ficava a ouvir baixinho o murmúrio do locutor da Rádio Moscou, pois o aparelho fora consertado e lá estava, pendurado na parede, a me desafiar. Custava a dormir e, no entressonho, parecia estar ouvindo sempre a mesma coisa: aquele comentário sobre a agricultura do Casaquistão. De madrugada, as cenas de horror: os bêbados que chegavam batendo portas, chutando cadeiras, queixando-se em alta voz ou num choro convulsivo. E sobrepondo-se a todos os ruídos, os uivos sinistros do Lobo do Paraná. Não sabiam o que fazer com ele, embora, mais tarde, tenham sabido o que fazer comigo.

Em meu quarto, pouco estudava, e já não comparecia às reuniões. Para completar, Nina encontrou um meio de me socorrer das noites no alojamento ou em sua casa. O irmão dela residia num apartamento do *Sókol*, bairro situado além do *Aeroport* e servido por uma das últimas estações daquela linha de metrô para o norte de Moscou. Era casado e pai de um garotinho de dois anos. Para que pudessem assistir a criança em tempo integral – não queriam que fosse para a creche –, o pai trabalhava de dia e a mãe à noite. A ideia era dormirmos nós no apartamento e o casal aceitou prontamente: poderia trabalhar no mesmo turno e ter as mesmas horas de lazer.

De manhã reencontrava os brasileiros: às aulas não podia faltar, recebia um salário para frequentá-las. Era o que argumentava quando alguém vinha reclamar de meu sumiço do alojamento e das reuniões: estava cumprindo meu dever e não havia nenhum postulado marxista que me obrigasse a dormir na minha cama ou a aderir àquele assembleísmo que nada construía.

Meu salário era de 180 rublos.

Um operário comum, como o pai de Nina, que era zelador de um pavilhão esportivo, recebia 60 rublos, um engenheiro por volta de 300, tabela que aproximava os extremos e não deixava de acordar com o preceito socialista: "De cada um conforme sua capacidade, a cada um conforme seu trabalho" – distinto da até hoje utópica máxima comunista, pela qual o Estado aproveitaria de cada cidadão sua capacidade, remunerando-o não por sua qualificação, mas na medida de suas necessidades.

Aquilo que eu recebia do Estado equiparava-se à remuneração de um operário qualificado, 200 dólares no câmbio oficial. Não pagava aluguel, mas, mesmo para um soviético, que para ocupar um apartamento ou casa descontava 7% de seu rendimento mensal, 180 rublos era um bom salário. A vida era barata na URSS. A alimentação, o transporte e o lazer, pouco mais do que nada. Gratuitas a instrução e a medicina. Os preços do vestuário eram menos atraentes, mas, considerando-se que, nas famílias, todos trabalhavam, a renda global podia alcançar um patamar bastante. A questão crucial não era o dinheiro, mas o que fazer com ele, esta era a razão das filas nos estabelecimentos comerciais: acabava de chegar um produto que antes não havia. E era fila para comprar meias, fila para ovos, fila para entradas de teatro, fila para revistas, fila para perfumes – a exacerbação do império da fila. E também de sua mania. Certo dia, na Rua de Gorki, deparei-me com um carreiro de moscovitas, esperando a vez para olhar um pequeno robô que se movia numa vitrina.

O teorema do abastecimento demonstrava-se absurdo: em estabelecimentos especiais, como a *beriozka*, havia fartura. Eram as lojas turísticas, com preços espantosamente baixos para facilitar a entrada de dólares e outras moedas fortes. E na *beriozka* o cidadão soviético não podia comprar.

Moscou, como escreveu aquele jornalista, não era nada daquilo que a gente imaginava. Era melhor. Mas também podia ser pior.

7
O coração de Moscou

O Kremlin, na verdade *kreml* – cidadela –, remonta às origens de Moscou. A muralha era de madeira. Levantou-a em 1156 o príncipe Iuri Vladimirovich, no ponto de encontro do Rio Moscou e seu afluente Neglináia, que hoje corre encoberto sob a rua do mesmo nome. Destruída pelo fogo no século XIII e reconstruída em 1368, com pedras brancas, foi remodelada em 1474 e anos seguintes por Ivan III, *o Grande*, grão-príncipe da Rússia no período 1462-505: renomados arquitetos italianos aplicaram-lhe o ladrilho bordô e as torres que ainda hoje lhe emprestam um aspecto imponente e ligeiramente sombrio.

A cidadela, um triângulo de 2500m de perímetro, possui 3 grandes portas e 18 torres que se distribuem, a espaços, ao longo da muralha. Sobre a porta principal, na Praça Vermelha, a mais bela das torres, a *Spásskaia Vorota* – Torre do Salvador, de feitio octogonal, erguida por Pietro Solari em 1491 e reformada em 1625, quando recebeu o relógio de carrilhão com 10 sinos, cujas badaladas são transmitidas pela Rádio Moscou em dados horários. O mostrador tem 6m de diâmetro e seu ponteiro de minutos ultrapassa os 3m. O conjunto pesa 25t.

Entre as outras torres, destacam-se a da Trindade, com 80m de altura, e a da Água, arrematada por uma estrela de rubi.

No interior da cidadela multiplicam-se obras monumentais da arquitetura russo-bizantina, as mais notáveis projetadas e executadas pelos italianos, que se deixaram seduzir pelos traços marcantes da cultura local. Quase todas provêm das gestões de Ivan III e Ivan IV, *o Terrível*, este o primeiro czar da Rússia (1547-84). É uma cidade dentro da cidade, com praças, ruas, avenidas, parques e jardins.

Na Praça das Catedrais, seis edifícios: a *Catedral da Assunção*, a maior e mais antiga, com fachada de pedras brancas e cinco cúpulas douradas, construída em 1475-9 por Aristotele Fioravanti a mando de Ivan III, para ser o principal templo de Moscou. Desde então, e até 1917, ali foram coroados os czares da Rússia. Era tão rica que, em 1812, os franceses de Napoleão Bonaparte dela furtaram 288kg de ouro e 5t de prata; a *Catedral da Anunciação*, de cúpulas também douradas a contrastar com as paredes brancas, levantada por Solari em 1489 – o piso interno é de jaspe e ágata; a *Catedral de São Miguel Arcanjo*, segundo maior templo do complexo, obra de Alevi Novi da Carezzano, em 1505-8, em mais uma encomenda de Ivan III. Em seu interior, remodelado em 1681, estão as capelas funerárias da antiga realeza russa, com 46 sarcófagos: entre eles, os de Ivan IV, de seus filhos e dos czares Mikhail e Alexei, que inauguraram a dinastia dos Romanov (1613); o *Campanário de Ivan, o Grande*, com sua torre branca de 81m de altura, executado em 1532-42 por Marco Bono, já sob a tutela de Ivan IV; e ainda a *Catedral dos Doze Apóstolos*, com cinco cúpulas, e o *Palácio dos Patriarcas*. Todos os edifícios dessa praça eram museus, com riquíssimo acervo de afrescos, ícones e manuscritos.

Com exceção da *Câmara das Facetas*, de 1491, a moradia do czar, e assim chamada pelo acabamento em pedras brancas facetadas de sua fachada principal, os prédios seculares são mais recentes: o *Palácio Terem*, em sua feição original, é do tempo de Ivan III, mas foi refeito pelos dois primeiros Romanov; o *Arsenal*, mandado levantar por Pedro I, *o Grande*, em 1721, para expor o butim da Guerra do Norte, contra os suecos. Destruído por Napoleão, foi reconstruído em 1817 e passou a expor também 875 canhões da guerra napoleônica. Foi no Arsenal que os oficiais czaristas ofereceram a última resistência aos revolucionários bolcheviques de 1917; o *Palácio de Armaria*, de 1851, em sua origem destinado à fabricação e ao depósito de armas; o *Senado*, palácio onde se conservavam os aposentos de Lênin e em cujos salões se realizavam as sessões plenárias do PCUS; o *Grande Palácio*, com seus 700 cômodos, o maior edifício do Kremlin, sobranceiro ao Rio Moscou, erguido pelos arquitetos Thon e Gerásimov em 1838-49, por ordem de Nicolau I, e o *Palácio dos Congressos*, de 1960-1, projetado por um grupo de arquitetos do qual fez parte Oscar Niemeyer.

A céu aberto e sempre cercadas de curiosos, duas peças que, em seu tempo, haviam de simbolizar a grandeza da velha Rússia: próximo da Praça das Catedrais, o *Tzar Pushka* – Canhão do Czar –, o maior canhão do mundo, fundido por Andrei Chokov em 1586 para o Czar Fiódor, filho de Ivan IV. Tem 5,34m de comprimento e 89cm de boca, e pesa 200t; e ao pé do Campanário de Ivan, o *Tzar Kolokol* – Sino do Czar, o maior sino do mundo, fundido por Ivan e Mikhail Motorin em 1734 para a Czarina Ana Ivanóvna, sobrinha de Pedro I. Tem 6,14m de altura e 6,6m de diâmetro, e pesa 193t.

Diante da face oeste da muralha, a *Krásnaia Plôshad* – Praça Vermelha. O logradouro já existia na primeira metade do século XV, ocupado por mercadores de alimentos, animais e produtos manufaturados, e conhecido pelo nome de *Torg*. Ivan III fez dele um retângulo vazio que, contíguo à cidadela, prevenia incêndios, chamando-o Praça da Trindade. O nome Praça Vermelha foi adotado por volta de 1650, quando *krásnaia* tanto queria dizer "vermelha" como "bela". As edificações que, mais tarde, orlaram o retângulo, deram-lhe as dimensões definitivas: 695m de comprimento por 130 de largura. Numa das extremidades, a Catedral de São Basílio, na outra o Museu Histórico, nas laterais o Magazine Universal do Estado (GUM) e o Kremlin. Após 1917, essa grande praça tornou-se o solo sagrado das paradas militares e civis, no dia 1º de maio, Dia Internacional do Trabalho, e a 7 de novembro, aniversário da Revolução de Outubro pelo novo calendário, e nos anos sessenta dos desfiles alusivos aos feitos espaciais.

A formosa e exótica Catedral de São Basílio – um dos mais notórios símbolos de Moscou, com a policromia de suas nove cúpulas em cachos – foi construída em 1555-60 pelos arquitetos Marma e Yákovlev, para celebrar uma vitória militar de Ivan IV. Diz-se que Ivan, maravilhado, mandou cegar o construtor para que não fizesse outra igual. Numa segunda versão da lenda, um tanto maliciosa, o construtor já era cego, por isso teria feito cúpulas tão distintas na forma e na cor. Deu nome à catedral um aprendiz de sapateiro que morreu em 1552 e foi canonizado pela igreja russa em 1580. Era uma espécie de Robin Hood do gelo, furtava mercadorias das lojas para dar às pessoas pobres torturadas pelo inverno.

O GUM era o grande *shopping center* de Moscou na época, imponente edifício cuja construção remontava aos anos 1888-94.

Na Praça Vermelha, junto à muralha, o Mausoléu de Lênin, edificado em madeira logo depois de seu falecimento (21/01/1924) e reconstruído em granito vermelho e labradorita preta em 1929-30, por Konstantin Melnikov, na forma de uma pirâmide truncada e coroada por uma colunata. Em seu interior, a cripta em cujo centro se encontra a urna de cristal com o corpo de Lênin perfeitamente conservado.

Atrás do mausoléu, entre as árvores, túmulos e nichos de insignes personagens da história do socialismo, como Stálin. Ali também pode ser visto o túmulo do único estrangeiro que teve seus restos mortais inumados com honra no Kremlin: o jornalista e escritor norte-americano John Reed (1887-920), autor do clássico *Dez dias que abalaram o mundo* (1919), cuja vida aventurosa e fascinante – acompanhando a revolta de Pancho Villa no México, a Primeira Guerra Mundial e a Revolução de Outubro – foi retratada no filme da Paramount Pictures, *Reds* (1981), dirigido e estrelado por Warren Beatty. Reed morreu em Moscou, de tifo.

8

A plebeia no palácio real

Frequentar casas de cultura era costume tão enraizado do povo russo que se tornara um hábito, no sentido que Aristóteles atribui ao termo: uma segunda natureza. Assim como os espanhóis, após o almoço, têm o hábito da *siesta*, tinham os russos, ao fim do expediente, idêntico impulso para afluir a concertos, sessões de teatro ou dança, e o faziam com as mesmas e sovadas vestes de trabalho. A história era outra se a noitada tivesse lugar no Grande Teatro – *Bolshói Teatr* – ou no novíssimo Palácio dos Congressos: não negligenciavam as mulheres em suas toaletes e desencavavam os homens suas melhores farpelas. Isso se conseguiam ingressos, claro. Esgotavam-se em minutos nos postos de venda e as alternativas exigiam proezas ou, quando menos, uma pilha de rublos para convencer alguém a abrir mão de seu bilhete. Para nós era tão fácil, através dos representantes do PCUS, que chegávamos a suspeitar de que, em qualquer plateia, certo espaço sempre estava reservado para os membros do partido e seus convidados.

O futebol era atração menor e não demandava proeza alguma.

Ainda falava mal o russo, com vocabulário deficiente e injuriando as declinações dos substantivos – e continuei falando mal até o fim –, mas já memorizara o alfabeto cirílico e podia ler palavras grafadas com maiúsculas. Uma tarde, ao sair de uma exposição de fotos no saguão do *Bolshói*, vi na Praça de Marx um cartaz anunciando um jogo de futebol entre a URSS e um adversário que se chamava – e fui soletrando – Pi... ra... ci... Virgem! Era o XV de Novembro, de Piracicaba, que chegava a Moscou para enfrentar a seleção soviética, cujo arco ainda era defendido pelo legendário Lev Yashin, o *Aranha Negra*.[1]

Foi uma das raras vezes em que tornamos a sair juntos. No instituto não se falava de futebol, só de política e revolução, mas quando comentei que iria a campo torcer pelo XV, quiseram todos ir também: o futebol se sobrepunha às diferenças e conciliava o inconciliável.

No dia 21 de abril de 1964 éramos duas dezenas de brasileiros no Estádio Lênin, mas tamanha era a algazarra que os russos deixavam de ver o jogo para nos observar. Nos primeiros minutos um atacante do XV mandou um pelotaço à trave dos soviéticos, mas a equipe brasileira, ainda que lutando bravamente, não

---

1. Falecido a 21 de março de 1990, em Moscou.

logrou superar o *Aranha Negra* e a partida ia terminando com 2 x 0 para a URSS. Pouco importava, o XV era um pedaço do Brasil a nos aquecer naquele país gelado e continuávamos gritando. Ao final, um dos jogadores veio à beira do gramado e cruzou os braços no peito, como se nos abraçasse. Essa singela atenção ao torcedor há de ser corriqueira na vida de um atleta profissional, e aquele, por certo, nunca soube o quanto seu abraço simbólico nos emocionou.

Em maio, ouvi Marlene Dietrich num teatro de Moscou. Fui sozinho, a procura de ingressos era tanta que, tendo feito meu pedido com folgada antecedência, consegui apenas um.

Já tinha visto, no Brasil, *O anjo azul*, filme realizado por Josef von Sternberg em 1930, que projetara Marlene no universo cinematográfico, e quem o vira trazia viva na lembrança a imagem da bela, provocante, perversa cantora de cabaré, Lola Lola, que seduz e leva à loucura e à morte o infeliz professor de literatura inglesa, Immanuel Rath, representado na tela pelo ator alemão Emil Jannings. Fui ao teatro para ver um mito, o da *femme fatale*. E vi. Com 63 anos, Marlene conservava a formosura do rosto, com seu ríctus de devassidão e angústia, as linhas sensualíssimas do corpo, e o vestido de plumas brancas deixava descobertas aquelas prodigiosas pernas que, nos anos trinta, tinham sido consideradas as mais perfeitas do planeta. Fazia-se acompanhar só de um violão. Sua voz grave, rouca, arrebatava a plateia, como se estivéssemos todos, ela e nós, num *boudoir* de suave e licencioso calor. Dela dissera Hemingway: "Se nada tivesse além da voz, só com esta despedaçaria nosso coração".

E era pouco.

Entre outras canções, cantou *Where have all the flowers gone?* e *Falling in love again* (de *O anjo azul*), e quando cantou aquela que seria a última, a clássica *Lili Marlene*, foi aplaudida de pé durante cinco minutos contados no relógio e teve de voltar ao palco duas vezes para repeti-la.

Um biógrafo de Marlene, Charles Higman, conta que numa das apresentações de Moscou "houve quarenta e cinco minutos de bis diante de uma plateia de 1.350 pessoas". E Marlene teria dito, aos últimos aplausos: "Devo dizer-lhes que os amo há muito tempo. A razão por que os amo é que vocês não têm nenhuma emoção morna. Ou são muito tristes ou muito felizes. Sinto-me orgulhosa em poder dizer que eu mesma tenho uma alma russa". Conta também que Marlene se enamorara da autobiografia do escritor Konstantin Paustovski. Ao saber que ele se encontrava no teatro para ouvi-la, emocionou-se, e não sabendo como traduzir seu sentimento, ajoelhou-se diante dele. E Paustovski começou a chorar. Infelizmente, eu tinha escolhido outro dia para vê-la e não testemunhei essa cena tão tocante.[2]

Testemunhei outras.

Estava por começar uma temporada do *Scala* em Moscou (e o elenco do *Bolshói* ia para Milão) e

---

2. Marlene faleceu a 9 de maio de 1992, em Paris.

providenciei dois bilhetes para a estreia: a ópera *O trovador*, de Giuseppe Verdi, seria levada no Palácio dos Congressos. Nina, que jamais pusera suas botinhas nas alcatifas e escadarias daquele templo da cultura e da política, ficou radiante, mas, no dia seguinte, estava abatida: não possuía vestidos e sapatos adequados.

Quis ajudá-la, acompanhando-a a um magazine, mas aquilo que vimos, além de caro, era de ostensivo mau gosto. No instituto, pedi a Tamara, nossa tradutora de português, sempre bem-arrumada, que levasse Nina à loja onde adquiria suas roupas. Sem me dar motivos, recusou-se. *Niet*. Depois vim a saber que, por interposta pessoa, era cliente de uma *beriozka*, usando dólares comprados de estudantes que chegavam a Moscou.

Dias antes da estreia Nina conseguiu vestir-se, por empréstimo. Uma vizinha, de cuja festa de casamento eu participaria pouco depois, tinha um amigo diplomata. O traje completo pertencia à esposa desse funcionário, que servira na Venezuela. Ela o comprara durante os dias de férias que o casal passara... em Belém do Pará!

Quase não a reconheci quando apareceu à porta de sua *block house* com o vestido vermelho, decotado, sapatos da mesma cor e a pequena bolsa prateada, a combinar com a gargantilha e os brincos. Estava deslumbrante e, no entanto, aquilo que luzia, não luzia no que a cobria, luzia nos olhos dela, nos traços do sorriso, no frescor de seu contentamento, e ela parecia cruzar não a porta guenza do barracão onde moravam cinco famílias com uma só cozinha, um só banheiro, uma só geladeira, mas o pórtico oitocentista do Grande Palácio do Kremlin, ao tempo do fausto dos Romanov.

E foi assim, com essa aura, que entrou no Palácio dos Congressos para assistir ao maior espetáculo de sua pequena vida. Acompanhou a ópera pelo libreto impresso em russo, que adquirimos no saguão, e ria, e seu riso era entrecortado de soluços. Não se importou nem um pouco quando, numa nota aguda, a voz do tenor falhou, provocando um "oh" da chocada plateia. No outro dia, segundo me contou, chorou novamente. Foi no momento em que precisou devolver sua fantasia de princesa de Belém.

9
Desgraça, estás de pé!

Continuava o Líder a promover reuniões bissemanais que terminavam em confrontos, gritos, lágrimas: eram os companheiros que insistiam em voltar para o Brasil. O PCUS não permitia, precisava de tempo para preparar um itinerário seguro e a documentação própria, que incluía – como pude constatar mais tarde – a aposição de dados falsos em nossos passaportes. Temia-se a ação política da Interpol francesa, que em plena Guerra Fria se dedicava à caça de passageiros vindos de Moscou em cujos países de origem o partido comunista fosse ilegal.

A mim, a interrupção das comunicações com o Brasil pouco me afetou. Meus companheiros confiavam cegamente na promessa da direção do instituto de usar a mala diplomática. E esperavam, e seguiam esperando, e a espera os enlouquecia, e seguiam confiando. Eu, bem menos. Achava que a promessa, suposto que bem-intencionada, não se cumpria – como não se cumpriu –, e tratei de maquinar outros meios.

No instituto, eu fizera amizade com um belga em fim de curso, Roger Vigy, e assentamos que eu enviaria minhas cartas a Bruxelas, onde ele faria a troca de envelopes e a remessa ao Brasil. A correspondência da família viria pelo mesmo caminho. Foi assim que minha primeira carta depois do Golpe chegou ao Brasil e foi assim que recebi a resposta. Como deu certo, ampliei o sistema, valendo-me do escritor gaúcho Alcy Cheuiche, que então vivia em Paris. Era um caminho tortuoso, demorado, mas eficiente. Graças a esses dois amigos, eu era o único do grupo a manter contato regular com a família e quem sabe por isso resistia melhor àquelas tensões.

Em junho a temperatura era agradável, às vezes subindo a trinta graus. Ia-se à praia no Rio Moscou, nos arredores da cidade. Outro programa de verão que fazia com Nina começava no *Ciéverni Port* – Porto Norte, além do *Sókol*, sobranceiro ao canal que levava as águas do Rio Moscou ao Volga. Dali partiam navios que contornavam parte da cidade, num percurso de quatro horas. Eram embarcações com cabinas para casais, restaurante e pista de dança, que aos domingos provocavam extensas filas de namorados nos guichês do porto: geralmente, uma garota russa e um estrangeiro, que por sua vez era latino-americano ou africano. Os negros tinham prestígio com as russas, que lhes atribuíam maior ímpeto sexual. Era um conforto saber que em suas fantasias vínhamos nós, latinos, em segundo lugar.

As mulheres que trabalhavam nos barcos como camareiras – e nos serviços elementares de terra, como varredoras de rua, cozinheiras, serventes em geral – estavam na faixa dos 40/50 anos e nada tinham em comum com a feminilidade e a delicadeza das novas gerações. Gordas, másculas, rudes, em regra eram camponesas que tinham perdido os maridos na Segunda Guerra e que, obrigadas a trabalhar numa época que a instrução era um privilégio, convergiam para as cidades sem nenhuma qualificação profissional. Desempenhavam na sociedade soviética as tarefas de que se ocupam os imigrantes latinos nos Estados Unidos.

Num daqueles domingos, tivemos a má sorte de topar com uma delas. Ao fim do passeio, no momento em que um grande número de casais se acotovelava no corredor central do barco, ela entrou em nossa cabina e saiu dali a bradar, acusando-nos de ter manchado o sofá-cama. E a todos mostrava o lençol com aquela nódoa úmida. Nina discutiu com a mulher. Consternado, tomei-a do braço e a levei para o cais. Ela repetia sem cessar que a camareira era uma "pessoa ruim" – o conceito que inculcavam aos jovens acerca daqueles que eram ressentidos com o regime.

Teria este episódio, indiretamente, um funesto desdobramento. Entre os veteranos da Turma A, havia alguns jovens que, como eu, não queriam ceder às pressões da liderança. Na companhia deles eu acabara de visitar a imponente Exposição das Realizações da

Economia da URSS, e nesse dia, casualmente, contara-lhes a grotesca cena que tanto me constrangera no Porto Norte. Embora estivessem em Moscou desde 62, não conheciam o porto e seus navios, e combinaram fazer o mesmo programa.

No domingo seguinte, à noite, quando voltei ao alojamento para buscar roupas, o grupo completo estava reunido e exigiu minha presença. Ocorrera uma tragédia. Os rapazes tinham ido ao Porto Norte e no momento em que o barco ancorara num ponto de recreio, um deles, o pernambucano Lindoval Alves de Lima, lançara-se ao rio para nadar e se afogara. O corpo, até o anoitecer, não fora resgatado. Os três companheiros de aventura tinham regressado ao alojamento e agora estavam ali, a chorar. Não havia debates, conversava-se, deplorava-se a criancice de Lindoval, e então um dos dirigentes levantou-se e, como se de repente fosse aberta uma comporta, vindo a seguir uma enxurrada, começaram as recriminações. E eu não queria acreditar: culpavam-me, fora por meu intermédio que Lindoval e os outros tinham sabido da existência do Porto Norte. Na Turma B havia um gaúcho, já na casa dos 40 anos, e o pobre homem, apoplético, com um olho fechado – era zarolho – e o outro a exorbitar, chegou ao ponto de dizer que, naqueles bordéis flutuantes, eu estava "depravando" as meninas russas.

Não fui cordato o bastante para chamá-los à razão. Por apertada maioria – já havia quem me defendesse –, deliberou-se que em agosto, após as férias, a liderança tomaria providências a meu respeito, pois mais uma vez se provava que eu exercia sobre os mais jovens uma influência nefasta.

No meio da semana, o crematório.

O corpo de Lindoval, encontrado a 30m de profundidade, fora saqueado pelos peixes. Seu rosto reconstituído e maquiado parecia pintado a óleo. O ritual exigia uma despedida e enquanto andávamos lentamente em torno do companheiro morto, os alto-falantes transmitiam música clássica. Eu o olhava, comovido. A culpa, se havia alguma, era dele mesmo, de sua juventude. Imagine, morrer assim, não num naufrágio, não para salvar alguém, mas lançando-se sem mais nem menos lá das alturas em águas profundas e desconhecidas, por que fizera aquilo, eu me perguntava, por que morrer assim, longe do pai, da mãe, dos irmãos, da casa que o vira dar os primeiros e incertos passos e o ouvira pronunciar as primeiras e incertas palavras, cortando quase na raiz a vida que tinha o direito e a obrigação de viver, por que morrer assim, tão sem porquês, roubando dele mesmo a chance de amar uma mulher, ter sua noite de núpcias e ver o rosto de um filho, francamente, Lindoval, que estupidez, Lindoval. E imaginas tu que a mim me vieram culpar?

Não soube se alguém chegou a avisar os pais de Lindoval. Também não soube o destino que foi dado às cinzas dele. Também não perguntei. Aquele junho me saía carrasco e eu poderia exclamar, como o *Marco Antônio* de Shakespeare, que a desgraça estava em pé e caminhando. Perdera um companheiro, era responsabilizado por isso e, antes que junho se acabasse, vinha a saber que o arranjo com o irmão de Nina chegara ao fim. O menino iria para a creche. Isso significava que eu teria de retornar ao alojamento.

10
Tensão na fronteira turca

Em julho, férias, e a direção do instituto nos brindou com quatro semanas no Casaquistão ou na Armênia, a escolher. Quando se mencionou que no território armênio, com apenas 29.800km² – pouco mais do que Alagoas –, havia mais de 4.000 monumentos históricos, o grupo, em sua maioria, pendeu para o Casaquistão. Meus companheiros preferiam admirar os avanços da economia socialista sobre as terras virgens casaques a respirar o pó milenar das ruínas caucásicas. Escolhi a Armênia. Desde a adolescência nutria certo gosto pela história de antigas civilizações.

No Tupolev 107 da *Aeroflot*, em que se ouvia intensamente o rugido das turbinas, a passageira ao meu lado era uma bela jovem morena, de grandes olhos negros, por certo uma armênia. Ainda se fumava nos aviões e perguntei-lhe, em russo, se possuía fósforos. Começamos a conversar e o vocabulário dela era tão deficiente quanto o meu. Pude entender que era uma estudante em férias, mas o diálogo não progredia, até que, no esforço de se expressar, ela deixou escapar um sonoro "bueno". Era uruguaia, chamava-se Elisa e cursava Geologia na *Druzhba*. E tinha pensado que eu era armênio.

A Armênia, então uma das repúblicas da União Soviética, é um país da Transcaucásia, situado num platô cuja altitude oscila entre 2.000 e 2.500m. Limita ao norte com a Geórgia, a leste com o Adzerbajão, ao sul com o Irã e ao sudoeste e oeste com a Turquia. Em nossa chegada a Erevan, a capital, o termômetro marcava 41 graus de calor. Senti no rosto a pressão daquela massa febril e no pulmão as ânsias da rarefação do ar. Ao recolher a bagagem, estava melhor. E não transpirava.

O hotel também se chamava Erevan.

Pela janela do quarto via assomar no solo raso, a 50km dali, no outro lado da fronteira ocidental, os 5.165m do Monte Ararat com seus dois picos gelados, a refletir o sol da tarde em tons cambiantes de azul e de vermelho – as alturas onde teria pousado a Arca de Noé. Fulgia o monte por si mesmo e pelo halo que lhe dava o *Gênesis*.

No dia seguinte, vi-me na embaraçosa situação de ser interpelado por um guarda. Pela manhã, saímos a caminhar, eu e um maranhense, J.F., um negro retinto. Os armênios raramente – ou nunca – viam negros, e com cinco minutos de caminhada havia uma multidão a nos seguir. J.F. divertia-se com a curiosidade que despertava, parava, disposto a conversar, e separei-me dele, pois desejava fazer algumas fotos em sossego. Estava impressionado com a inspiração francamente bizantina da arquitetura armênia e mais ainda com a cor da maioria dos prédios. Erevan – como Kirovakan, que visitaria depois –, era uma cidade rosada. Essa coloração derivava do material usado nas construções, o tufo, uma pedra porosa de origem vulcânica.

Na praça central, um quadrilátero vazio como a Praça Vermelha, quis fotografar o Hotel Armênia – onde Elisa se hospedara –, que me chamara a atenção por ter em seus altos uma amurada de balaústres. Buscando um melhor efeito, assestei a câmara por trás dos ramos pendentes de uma árvore. Não notei que um guarda me observava e, antes que fizesse outra foto, ele se aproximou e me tomou do braço. Perguntou qualquer coisa em armênio, respondi em russo que não entendia e ele duvidou. *Yá brasilski*, tornei, e também não quis acreditar. Travava-me o braço e sorria, como a divertir-se de minha ingenuidade, pensando que era ele o ingênuo. Insisti, alegando que, como podia ver, eu falava mal o russo, ele contrapôs que também se expressava com dificuldade nesse idioma. E que eu parasse de representar, ajuntou. Seguramente eu era armênio e, como armênio, devia explicar por que me escondera para fotografar quem entrava ou saía do Hotel Armênia. Era o segundo que me confundia em 48 horas. Os armênios são altos, morenos, têm olhos grandes e pronunciado nariz, e o que o guarda via à sua frente não discrepava do tipo. Ainda quis argumentar, ponderando que meu objetivo era uma *artistícheskaia fotográfia*, mas não me largou.

Paidiôm, disse ele – vamos.

Seria aquele o caso extremo que me facultaria apresentar o passaporte do PCUS? Em dúvida, preferi aguardar o momento em que tivesse de tratar com alguém de superior hierarquia. Não foi preciso. Enquanto seguíamos, o guarda e eu, para onde quer que me estivesse levando, topamos com J.F. e seus admiradores. Vendo-me conversar e rir com o negro – acabara de lhe dizer que fora preso como espião –, o guarda admitiu que eu pudesse ser um brasileiro com veleidades de fotógrafo de arte. Na volta ao hotel, muito animado, ele fazia parte do cortejo de J.F.

As férias eram um prolongamento do curso: devíamos comprovar na prática os avanços do socialismo, visitando fábricas, colcóses[3] e sovcóses[4], dias em que, durante duas, três, quatro horas, permanecíamos sentados, bebendo a sopa de algarismos que indicava os níveis da produção. Nos primeiros dias, a única atividade prazerosa foi uma visita à luxuosa colônia de férias dos escritores armênios, edificada numa falésia junto ao Lago Sevan, em cujo restaurante nos ofereceram saborosas trutas. À tarde, um passeio de lancha nas águas daquele que é um dos mais altos lagos de montanha do mundo, com seus quase dois mil metros sobre o nível do mar.

---

3. *Kolkhós*: estabelecimento agropastoril de propriedade cooperativa.

4. *Sovkhós*: estabelecimento agropastoril de propriedade estatal.

Certo dia visitamos um *kolkhós* cujas terras alcançavam a fronteira turca. Ao retornarmos via rodoviária para Erevan, fomos interceptados por soldados de motocicleta que não nos permitiram seguir. Houve uma ligeira discussão entre eles e o funcionário do PCUS que viera conosco de Moscou, mas tivemos de obedecer e, com algum enfado, tornar à sede da fazenda. Atrás dos motociclistas, movia-se uma coluna de tanques, e em seguida vimos esquadrilhas de jatos *Mig-21*, que cruzavam a fronteira, e voltavam, e a cruzavam de novo, em voos rasantes que se aprofundavam a perder de vista.

No *kolkhós*, todos estavam apreensivos e aquela atmosfera nos contagiou. Temiam os camponeses um conflito com a Turquia, onde proliferavam bases militares dos Estados Unidos. De mais a mais, qualquer incidente na fronteira oeste enervava os armênios, que mantinham divergências seculares com os turcos, desde a anexação de parte de seu território e o genocídio da comunidade que lá vivia, conjuntura que produziu a diáspora, levando três milhões de armênios à Europa, Estados Unidos e América Latina. O Monte Ararat e o Lago Van, ícones da história da Armênia, ainda hoje se encontram na área anexada.

A movimentação de tropas e aviões entrou pela noite. De madrugada, avisaram-nos que a estrada estava livre e regressamos a Erevan.

A explicação para tamanho rebuliço estava longe dali, na ilha de Chipre. Naquele mês – julho de 1964 –, a ameaça de guerra entre Grécia e Turquia pelo domínio da ilha levou os gregos a solicitar o apoio dos soviéticos, e o que víramos tinha sido uma exibição de força. Se conseguiram amedrontar os turcos, não sei dizer, mas a mim posso garantir que sim: por algumas horas, receei entrar na guerra como Pilatos no Credo.

11
O rio dos homens-peixes

Nas fazendas, não era só a palestra que me aborrecia. Os visitantes éramos recebidos pelos camponeses com lauto almoço, que seria bem-vindo, não fôssemos obrigados – rejeitar era um insulto – a comer *shashlik*, cubos de carne ovina cozida num panelão de óleo e suco de limão com sal, tomate, cebola, aipo, pimenta verde, alho, louro e erva de endro.

E não era só.

De sobremesa, discursos: o do administrador, o do representante do PCUS na fazenda, o do funcionário russo que nos acompanhava e, por último, as palavras de agradecimento, proferidas por um de nós.

E não era só.

À sessão oratória sucediam-se os brindes ao socialismo, à paz mundial, à solidariedade internacional, à amizade entre os povos, e a cada qual devia corresponder um copito de poderosa aguardente.

E ainda não era só.

Na despedida, os camponeses faziam questão de nos beijar. Na boca. Um costume, sim, mas eu já estava farto de ser beijado por bigodudos cujos bigodões ainda recendiam o molho do *shashlik*.

Numa das visitas – era um *sovkhós* – não pude permanecer à mesa até o final do almoço, que costumava se arrastar por não menos de três horas. Levantei-me e, ocultando-me atrás de nosso ônibus, devolvi ao mundo o que o mundo me impusera. O funcionário russo veio me buscar. Eu me levantara antes do tempo e os anfitriões estavam consternados. Tive de retornar à mesa e, olimpicamente, cumprir todos os passos de meu calvário estomacal.

À tarde fomos vitimados pelo relatório das atividades produtivas. Quando o administrador mencionou certos avanços rumo à automação da agricultura, fiz uma pergunta. Uma pergunta oportuna, acho eu, mas também acho que, por causa de minha indisposição, devo tê-la feito em tom inadequado, de quem contesta uma falácia: como podiam avançar na automação do que quer que fosse, se as moradias não dispunham de vasos sanitários e as necessidades eram feitas nos quintais, em latrinas? A tradutora não sabia o que era latrina. Tive de explicar e, feita a tradução, ao clima de camaradagem substituiu-se um espesso mal-estar. Quem me respondeu foi o representante armênio do PCUS. Num discurso comovido, lembrou a trágica história dos armênios, a Primeira Guerra Mundial, a guerra com a Turquia em 1920, os estragos da investida de Hitler no Cáucaso e a lenta e sofrida reconstrução do país. Todos se emocionaram e meus companheiros me olhavam como se eu tivesse cometido um crime. Mas eu também me emocionara e me arrependi de ter feito a pergunta, embora considerasse que ela demandava resposta mais específica.

No fim da visita, ao nos despedirmos dos camponeses, cerrei os lábios para receber os beijos dos que vinham me cumprimentar, mas, nesse dia, decerto por causa das latrinas, nenhum deles me beijou.

Aquele *sovkhós* também se localizava na fronteira oeste, e antes do infortunado almoço eu desfrutara uma manhã tranquila e aprazível: pudera caminhar às margens do Rio Arax. Nada sabia a respeito dele, senão que era a linha divisória entre a Armênia e região anexada pelos turcos. Ainda bem que o vi, que o toquei, que o cheirei. Mais tarde, descobri que o Rio Arax se inscreve num abstruso capítulo da história da humanidade.

Todos já ouvimos falar em Sargão II, rei da Assíria no derradeiro quarto do século VIII a.C. Em suas guerras de conquista, Sargão fazia-se acompanhar de um dignatário, Tab-Schar-Assur, que de volta a Nínive narrava em tabuinhas de argila, com signos triangulares produzidos por um estilete de caniço[5], as últimas glórias assírias. Os relatos eram feitos na primeira pessoa, como se o próprio rei estivesse a falar. Naquele que corresponde à sua oitava campanha, observa Sargão, após jactar-se de suas vitórias sobre um reino vizinho: "De Termacisa segui para Ulshu, a cidade fortificada

---

5. A escrita cuneiforme.

no sopé do monte, seus habitantes são como os peixes, não bebem nem aplacam a fome".

Ulshu situava-se ao norte do Lago Úrmia, no vale do Arax.

Mais intriga esse registro quando reforçado por testemunho independente e presencial: no século V a.C., Heródoto esquadrinhou a mesma região e, em sua crônica, comenta ter visto no Rio Arax homens que tinham a pele escamosa e viviam em pântanos e lagunas da foz, como segregados.

A desconcertante sugestão de um cruzamento entre peixes e homens já merecera no século VII a.C. as especulações de um grego ilustre. Em sua obra *Da natureza*, Anaximandro de Mileto afirma que "o procriador do homem é um peixe [...] e as criaturas vivas saíram da água", adquirindo novas formas pela ação do sol. Acrescenta que, nos primórdios da espécie, o homem não nasceu do modo que nascemos: indefeso, à mercê da selvagem natureza e incapaz de obter alimentos, não conseguiria sobreviver. No século II a.C. essas ideias voltaram a ser propagadas num dos textos sagrados do hinduísmo, o *Livro de Manu*, que estabelece uma origem comum para peixes e homens.

Em julho de 64, às margens do Rio Arax, eu via apenas uma corrente veloz e barrenta. Tinha chegado cedo demais para me encantar com sua história e tarde demais para ver os homens-peixes.

12

O templo do esquecimento

A Armênia é um país com tanta história que, se alguém toma a estrada para conhecer um monumento do passado, a meio caminho se lhe deparam outros tão expressivos quanto ele. Alguns são notórios: as ruínas da Fortaleza de Garni, com seu templo do século I d.C., destruído por um terremoto e hoje reconstruído; a pedraria do Templo de Zvartnots[6], edificado no século VII e também demolido por um tremor de terra; a Catedral de Etchmiadzin[7], cuja construção, no século IV, foi obra de São Gregório, o fundador da igreja armênia – no museu anexo vi a ponteira da lança que, segundo a tradição, matou Jesus, levada à Armênia pelos apóstolos Tadeu e Bartolomeu.

---

6. Monumento considerado *Patrimônio da Humanidade* pela UNESCO.
7. *Id.*

A 40km de Erevan, nos altos do espinhaço caucásico, encontra-se o Mosteiro de Geghard[8], a documentar na pedra já não digo a arte, mas o engenho, a paciência, a persistência do homem. São sete igrejas e quarenta altares. O templo principal, datando de 1215-23, é o único visível no sopé de uma montanha. Os demais – e suas naves, colunas, arcadas, abóbodas – foram escavados na rocha monolítica. Antigamente, o ciclópico conjunto era chamado *Ayrivank*, que quer dizer Templo das Cavernas.

Não foi só por isso que Geghard me impressionou.

Visitei-o na manhã de um domingo, ao final das missas ditas em todas as igrejas. Bizarra multidão assenhoreava-se da canhada pedregosa em volta do mosteiro: camelôs a oferecer suvenires, pessoas orando, de joelhos nas pedras, outras de mãos dadas numa roda, a entoar melancólicos estribilhos, outras sentadas no chão, a comer nacos de carne com as mãos, outras andando de um lado a outro como sem destino – homens de sapatos rotos, sem cadarços, e mãos cascudas de aquilinas unhas negras, mulheres de peluginosas axilas e calcanhares gretados que excediam as chinelas, bandos de crianças mirradas e descalças, com feições adultas, e no meio daquele povo mulas encilhadas, bosteando, um esquálido boi de pata bichada, cabritos com cincerros plangendo repecho acima e grandes galinhas rabonas a ciscar. Quem eram aquelas criaturas, tão estranhas como eu não vira na Armênia e tão sujas como não vira em lugar nenhum? Olhando nos olhos

---

8. *Id.*

delas, tinha-se a impressão de que não olhavam para nada, que seus olhos estavam mortos, ou então que olhavam para longe, para um lugar que só elas viam e onde, afinal, esperavam ver alguma coisa e não viam coisa alguma. Eram como fantasmas em busca de um milagre para entrar no mundo dos vivos.

E professavam, nas cavernas, um cristianismo de ritos pagãos.

Imagine-se uma galeria subterrânea de uns 20m de extensão, com uma canaleta longitudinal por onde corre a água de fontes da montanha. Dezenas de mulheres se comprimem à borda da canaleta. E o que faz cada uma, antes de se afastar, dando lugar a outra que espera? Ergue o vestido, prendendo-o nos dentes, abaixa o grosseiro e folgado calção até os joelhos e, com as mãos em concha, recolhe um bocado daquela água e a esparge na vagina. Um voto de fertilidade que se arraigou, quem sabe, elevando-se ao foro sacramental: são mulheres de todas as idades.

Em outro local, uma espécie de adro de um dos templos, vi seis homens num círculo em que todos se voltavam para o centro e assentavam as mãos direitas umas sobre as outras. A cada tanto, aquele que estava com a mão em cima se persignava e ia embora, e vinha outro que acomodava sua destra sob as outras cinco. Esperei que alguém se retirasse e, entrando na roda, coloquei minha mão em último lugar. Queria ao menos entender a mecânica da cerimônia e ali fiquei, à espera do que quer que fosse. Passaram-se dois minutos e então percebi que as mãos se uniam para manter-se fixas no espaço: sobre a primeira, a cada dois minutos, caía da abóboda rochosa uma gota d'água. Tendo chegado a minha vez, persignei-me e recuei. Ninguém me soube dizer aquilo que corresponderia, por assim dizer, à moral do pingo.

Quem eram aquelas criaturas? Rústicos da vizinhança? Se não os vira nas fazendas, nas fábricas, de onde vinham? Eu podia conceituá-las e até convencer alguém de que se tratava de uma alcateia de fanáticos vadios, sanguessugas do trabalho alheio que arribavam de valhacoutos onde a revolução não conseguira chegar, mas em meu íntimo reconhecia – era obrigado a reconhecer, se não quisesse enganar a mim mesmo – que não vinham de perto ou de longe, que estavam ali mesmo desde séculos, desde os tempos dos reis armênios, dos sultanatos, dos czares, e nos quatro decênios da sociedade sem classes, onde a satisfação e a dignidade do homem deviam estar em primeiro lugar, continuavam ali, esquecidos, abandonados à própria sorte, consumindo-se no fogo lento da ignorância e da sordidez, nada lhes sobrando senão recorrer, numa zona de silêncio entre as montanhas, a uma miseranda cabala. Era a Armênia subjacente, a Armênia oculta, varrida dos balanços da produção e amontoada debaixo do tapete – o triste lumpesinato de todos os regimes que prometem a salvação do povo miúdo e nunca o salvam.

A prática injuriava a teoria.

Na volta a Erevan, pelas vertentes dos maciços mitológicos onde Zeus acorrentara Prometeu, íamos em silêncio, eu e minha depressão. Menos mal que dispunha de algo para abrandá-la: uma carta de Nina, recebida um dia antes. Uma carta manuscrita e que, por isso, não pudera ler.

No hotel, pedi à tradutora que o fizesse. Era uma carta delicada, de menina saudosa de seu par. Mas estava contente porque sua amiga se casaria – a vizinha que lhe conseguira o vestido com a mulher do diplomata – e queria que a acompanhasse na comemoração. Também estava feliz por ter encontrado a dona do vestido, ela lhe emprestara um disco de quatro rapazes ingleses que ninguém conhecia, uns cabeludos que cantavam músicas lindas.

À noite, no quarto, tentei ler a carta e notei que ela escrevera várias vezes a palavra *brak* – casamento. Comecei a pensar nela e também no que sobre mim, rejeitando-me, pensavam seus pais – a transitoriedade de nosso caso, que a mim também me preocupava, por ter consciência de que Nina, simplesmente, não pensava no futuro, e seguia ao meu lado com a serenidade dos convívios definitivos. Como se eu fosse russo, ou como se tivesse certeza de que russo eu me tornaria. Quando me acompanhava a uma loja, fazia-me comprar objetos que só usaria se fosse permanecer na União Soviética: uma bota especial para muitos e muitos gelos de dezembro, um terno para estar à altura dos grandes espetáculos no Palácio dos Congressos, livros para eu ler quando, finalmente, dominasse a língua russa e um abajur que, imagino, era para adornar, algum dia, nosso criado-mudo.

A carta não me pacificou.

Lá estava eu num país estranho, malquisto por aqueles que deveriam ser meus amigos, sem saber quando poderia regressar ao Brasil e muito menos o que me aconteceria quando regressasse. Com sua graciosa inocência e sua louçania, com sua doce alegria, aquela menina russa se incorporava à minha incerta vida como o eixo que a estabilizava, fazendo com que me diferenciasse do clã dos desesperados que infernizava o alojamento e não me sentisse só, abandonado, tão esquecido como aqueles miseráveis dos templos de Geghard. E um dia eu haveria de partir, deixando que desaparecesse, como lágrimas na chuva, tudo aquilo que seu corpo e seu coração me davam.

De manhã, alguém bateu à porta para me acordar. Íamos visitar as ruínas de um antigo reino da região, contemporâneo de assírios e babilônios. Me vesti, com o rosto de Nina a me perseguir. Abri a janela para ver o Ararat, como fazia todas as manhãs, mas não me extasiei com o esplendor do panorama. Tinha vontade de chorar.

13
Incidente no Cáucaso

O ônibus nos esperava. Embarcamos. Enquanto o motorista se demorava em algum preparativo, notei que um homem, na calçada, fazia-me sinais. Não o entendi e, como insistisse, desembarquei. Ele se ocultara atrás do ônibus. Era um armênio e desejava comprar meu paletó. Era um paletó bege, de verão, bastante usado, mas não podia vendê-lo ou dá-lo, era o único que eu tinha. Mortificado, o homem foi embora. Oferecera-me 10 dólares – laboriosamente acumulados, decerto – e havia de considerar a oferta irrecusável.

Partimos, finalmente, para as ruínas de Karmir Blur (Colina Vermelha), à margem esquerda do Rio Razdan, e foi então que, pela vez primeira, ouvi falar nos *chaldini* – de *Cháldia*, o deus supremo –, povo remoto da região que os assírios chamavam Urartu e na corruptela hebraica do Velho Testamento veio a ser conhecido como Ararat.[9] Em 1936, encontrou-se ali uma pedra com riscos semelhantes a pés de galinha. Era um registro cuneiforme de um soberano de Urartu. Iniciadas as escavações, descobriu-se o porquê da coloração que dava nome à colina: o entulho se compunha de poeira e fragmentos de tijolos. Eram os fundamentos da cidade de Teishbani – consagrada ao deus da guerra, *Teishba* –, última capital de Urartu antes da destruição do reino pelos citas, em 625 a.C.

Naquela noite jantei com Elisa no Hotel Armênia. Contou-me que se aborrecia, pois cometera o erro de viajar sozinha. Perguntei se estava disposta a ser minha parceira num mergulho à história de Urartu, que me fascinara. Felizmente, ela aceitou. Depois das cenas que presenciara no domingo e da noite pensando em Nina, precisava de alguém que me distraísse dos tormentos políticos e sentimentais.

No dia seguinte, comuniquei ao funcionário russo que voltaria a Karmir Blur e não acompanharia o grupo nas próximas visitas. Ele me repreendeu e, dir-se-ia reputando minha opção por afronta pessoal, não tornou a falar comigo. Até então, eu me desaviera com os brasileiros, era a primeira vez que isso acontecia com um russo. E ele não me poupou. Mais tarde, em seu relatório à direção do instituto, abriu contra mim outra frente de animosidades, acusando-me de não cumprir o programa estabelecido para as férias.

Na mesma manhã, enquanto o grupo brasileiro descobria quantos geradores elétricos se podiam fabricar

---

9. *Gên.* 8, 4; *Jer.* 51, 27; *Is.* 37, 38.

num mês, eu comparecia ao Museu Histórico da Armênia. Entrevistei-me com o diretor – em francês, com Elisa traduzindo – e ele me brindou com catálogos de ruínas situadas na Armênia e na Turquia, indicou peças do acervo que devia fotografar e ainda se dispôs a nos conduzir novamente a Karmir Blur. Foi gentilíssimo e cumpriu quase tudo o que prometeu, mas bem percebi que não fazia aquilo por mim ou pelos reis de Urartu, mas *pour Elise*. Não arredava os olhos dela. Era um homem de 40 anos, alto, calvo, bem-vestido. Quando constatou que a uruguaia não estava interessada em seus encantos, retraiu-se.

Voltamos duas vezes a Karmir Blur e na segunda, para ganhar tempo, obtivemos permissão para dormir na zeladoria do sítio arqueológico. No terceiro dia, mal podíamos andar, exaustos. Elisa torcera o pé na falda da colina e, ainda que mancando, não quis ficar para trás quando me desloquei de Karmir Blur para as ruínas de Arin Berd. Era voluntariosa, destemida, e estava contente por poder exercitar sua geologia. No quarto dia, perdi a companheira. Suas férias tinham chegado ao fim e voltou para Moscou.

Prossegui sozinho em minha esforçada e amadorística investigação. Era cedo, eu engatinhava, mas não me pejava de sonhar: queria escrever um livro reconstituindo a história de Urartu e desvinculando-a da história da Armênia, pois me parecia que os armênios consideravam os *chaldini* tão só uma obscura etnia na miscigenação que os engendrara. E a cada passo me certificava da grandeza daquele reino esquecido. As colunas jônicas, então não eram réplicas de colunas de mobiliário foliadas em Urartu no século VIII a.C.? E as famosas *apadanas* persas, com a grande sala quadrada, cujo teto se assentava em seis renques de cinco colunas, acaso não reproduziam o templo de Arin Berd? Não, não me esquecera de minhas preocupações moscovitas, mas, por enquanto, estavam parcialmente soterradas no pedregulho que os citas haviam dispersado.

Certo dia, quando regressava de outra surtida ao interior, fui protagonista involuntário de uma cena tão tocante que, se aquela temporada entre os armênios nada representasse para mim – se não tivesse visto o Ararat, se não tivesse entrado na montanha de Geghard, se não tivesse conhecido Elisa, se não tivesse descoberto os restos dos *chaldini* –, ainda assim, só por causa dela, sempre me lembraria da Armênia com um aperto no coração.

A estrada vai cortando a vertente dos montes. Em marcha forçada, quase parando, o velho ônibus cumpre mais uma etapa de seu roteiro caucásico. Leva poucos passageiros. Vai descendo a tarde, sonolenta, e eu sonhando com aquele país que era limo e pátina do tempo, sonhando com o livro que escreveria para acender uma luz sobre quase três mil anos de olvido e sombras.

O ônibus faz uma parada, recolhe alguém, volta vagarosamente à estrada e é então que um pequeno incidente me desperta do sonho e das quimeras. Não é preciso que eu saiba armênio para compreender que uma passageira fora apanhada sem o dinheiro da passagem.

Digo passageira, era um pedacinho de gente de oito ou nove anos. Estava sozinha. Tinha um embrulho debaixo do braço e segurava pelas alças uma sacola estofada. Não levantava os olhos nem respondia às perguntas que, num tom ríspido, fazia o cobrador. De onde vinha aquela criança, eu me perguntava, aonde iria, que espécie de coisas levava na bolsa tão pesada, e me perguntava ainda o que fariam com ela quando o ônibus parou, a porta se abriu e quase duvidei do que via: o sujeito ia devolver a garotinha à estrada!

Mas onde estamos, eu me admirava.

Levantei-me e o chamei: *Továrich*! Voltou-se meio assustado e intuí o que pensou. Alguém gritar forte assim dentro de um velho ônibus – Camarada! E com aquele sotaque, aquela cor de pele... Olhou bem no meu rosto, um tanto sem jeito, e pensou, sim, que ali estaria um georgiano e uma vez georgiano, sempre estalinista, ou talvez um armênio moscovita em visita à terra de seus pais, mas, em qualquer caso, pelo tom, um membro do Partido.

E recuou de seu intento.

"Eu pago a passagem dela", acrescentei, conciliador e já receoso de que me lesse nos olhos a desbotada biografia.

Mas nada acontece.

O ônibus retoma a estrada, a garotinha volta ao seu lugar. Não me agradece, nem ao menos me olha, coisas que, por essas mesquinharias de adulto, sempre se espera. Quietinha, encolhida no banco, traz os olhos baixos, nos sapatos, que pertencem ou pertenceram a alguém maior do que ela.

A viagem continua.

O sol já se oculta, transmontano, e a estepe ainda se doura no que sobra de seus raios. Retorno aos meus devaneios, a uma saudade que já me dão aquelas montanhas, aquelas ruínas, aquelas pedrarias que escalei encosta acima, puxando a uruguaia pela mão. Dentro de dois dias vou embora, certamente para nunca mais voltar. Cabeça encostada na janela, vou desfiando nomes que aprendi e não esquecerei jamais. E vou sonhando, dormitando e de repente um susto pequenino, como se alguém me tivesse tocado a face com um raminho. Abro os olhos. A garotinha recua, afasta-se com o rosto em fogo, e então o viajante sonhador, emocionado, sente que seus olhos se enchem de lágrimas. Ela esperara que dormisse para dar-lhe um beijo.

14

O *casamento*

A temporada na Armênia tinha sido um edênico *intermezzo* entre os dois semestres. De volta a Moscou e ao alojamento, eu despencava das latitudes astrais do sonho para reentrar na carregada atmosfera dos ressentimentos e das malquerenças: ainda não desfizera a mala quando vieram me alertar que os dirigentes, chegados na véspera do Casaquistão, tinham decidido me devolver ao Brasil, escorados naquilo que o grupo deliberara antes das férias.

Devolver em que termos? Iam simplesmente me enxotar? E como eu entraria no Brasil? Pelo Galeão, oferecendo os pulsos para o clique das algemas? Mas eles já não contavam com o apoio unânime do grupo. A severidade com que me julgavam costumava dar lugar à tolerância quando se tratava de chamar à ordem aqueles que se embriagavam e promoviam tumultos na madrugada do alojamento, o que levou alguns companheiros, sobretudo entre os veteranos, a lhes contestar a iniquidade. De resto, os funcionários do PCUS destacados no instituto aplicaram ao vai não vai uma definitiva pá de cal: sem um roteiro seguro, já em elaboração, ninguém saía de Moscou.

O curso era de um semestre, terminara no meio do ano, e a direção do instituto o prorrogou por mais seis meses. Seria uma repetição do que já fora ministrado, isto é, o ABC do nada. Às aulas, portanto, deixei de comparecer. De manhã, trabalhava em meu quarto com as anotações que trouxera da Armênia – a história de Urartu me obcecava –, depois do almoço me recolhia à biblioteca do instituto em busca de obras que subsidiassem minha pesquisa. No fim da tarde ia buscar Nina na fábrica, levando o lanche da noite na sacola. Já não entrava em sua casa e então nos apossamos de um passadiço nos fundos da casa ao lado, onde havia um tosco banco de madeira ao abrigo de uma bétula. Nos domingos íamos a algum café, ao cinema, ao Parque Gorki, mas nos outros dias, todos eles, recorríamos ao banco.

Voltava ao alojamento a pé.

Moscou morria à meia-noite. Bem mais cedo fechava o comércio, já não trafegavam veículos – só o metrô –, e eu sentia prazer em andar sozinho por aquelas largas ruas silenciosas, sem ver vivalma, exceto algum policial, que às vezes me pedia um cigarro e me observava enquanto eu seguia e ia sumindo nas sombras do canteiro central da Avenida Leningrado.

Uma noite me abordou um homem já maduro, malvestido, barba por fazer, visivelmente embriagado.

Tentou conversar e, vendo que não conseguia, descartou as preliminares, apalpando-me. Um homossexual, tipo raro na URSS, socialmente despiciendo e sempre acossado pelo partido e pela polícia. Afastei-o, tão gentilmente quanto pude, mas, como insistisse e denotasse impaciência, tive de empurrá-lo com alguma energia. Para meu espanto, pôs-se a chorar. Bati em seu ombro para confortá-lo, seu rosto se contraiu num ríctus de aversão e ele proferiu uma saraivada de insultos. Deixei-o, sentindo-me muito mal por tê-lo empurrado.

Naquele mês de agosto casou-se a amiga de Nina, conforme ela anunciara na carta enviada à Armênia. A festa, com a presença de familiares e amigos, teve lugar no Palácio Nupcial, com champanha, *limonad*, frios, doces, isso depois de uma cerimônia de dez minutos, dirigida pelo presidente da entidade e com a assistência obrigatória de dois deputados do soviete regional.

Ao deixarmos o edifício, Nina encontrou-se com um colega de serviço. Conversaram ligeiramente e, na despedida, beijaram-se na boca. Já a vira despedir-se assim, mas agora, por algum motivo novo e misterioso, senti no peito a pancada do ciúme, da insegurança, do malogro, como se subitamente ela deixasse de ser aquilo que era para mim. Caminhávamos rumo à estação do metrô e ela estranhava meu desgosto: então já me esquecera de que aquilo era normal entre amigos? Não, não me esquecera, mas eu era brasileiro e em meu país beijar na boca tinha outro significado. Sim, brasileiro, ela tornou, mas um brasileiro que vivia na Rússia, com uma russa, como podia rejeitar os costumes da terra?

Não melhorei nem quando ela, divertindo-se, lembrou os beijos gordurosos que eu recebera dos camponeses do Cáucaso.

Que motivo novo era aquele? E haveria um motivo? Ou seria apenas um sinal de que, em meu íntimo, ao cabo de tantos problemas, alguma engrenagem se desgastara e a máquina começava a trepidar?

À noite, na casa da noiva, fez-se uma comemoração íntima, presentes os recém-casados, a dona do vestido vermelho com seu marido diplomata, uma amiga que viera de Kiev, Nina e eu. Bebia-se conhaque. De fundo, a música dos Beatles – o disco que Nina trouxera para devolver –, e o diplomata contava piadas que ouvira em suas andanças pelo mundo. A ucraniana, já embriagada, propôs que dançássemos, mas não tinha par e Nina sugeriu que lhe fizesse a cortesia. Rodou o *long-play* uma vez mais. Éramos três pares num espaço diminuto, que dividíamos com a mesa, as cadeiras, o sofá, a cômoda e a eletrola. A dama de Kiev começou a tomar liberdades que ultrapassavam os limites da decência, e me surpreendi correspondendo. E correspondia e seguia correspondendo, ao mesmo tempo em que identificava em meu corpo uma sensação de prazer estimulada menos pelo corpo da parceira e mais por um anseio maligno de ferir. Que diabo era aquilo? Uma vil desforra do Otelo brasileiro? Nina me olhava, admirada, mas não fez nenhuma cena. Aproximou-se e disse: *Davolno* – Basta. Larguei a mulher e no mesmo instante tive de agarrá-la para que não desabasse. Deitaram-na no sofá, onde ficou a murmurar, com um peito descoberto. Nina, delicadamente, ajeitou-lhe a blusa.

Alguém reclamou que estava na hora de comer e fomos servidos. Cada um recebeu um pratinho com fatias de pepino e salame e outro copo de conhaque. A ucraniana tinha vomitado, agora dormia. Dormiam também os Beatles. E recomeçaram as piadas do diplomata, que depois fazia para mim um pequeno resumo em inglês. Às vezes eu entendia, às vezes não. Feitos os brindes, terminou a *prásdnik* – festa. A mulher do diplomata apanhou seu disco e saímos todos, menos a ucraniana, e eu me perguntava como os recém-casados iam se arranjar com ela.

Nina comentou que a reunião não engrenara porque a ucraniana estava muito triste. Perguntou se eu gostara dela. Não, respondi, para agradá-la e me redimir. Mas era uma boa moça, disse ela. Casara-se no início do ano com um oficial do exército soviético e três meses depois ele morrera num acidente aéreo. Santo Deus, dizia eu comigo. Naquele casamento eu fizera tudo errado: começara o dia como Otelo e o terminara como Iago.

15
Altos e baixos de setembro

Embora já não frequentasse as aulas, assistia às palestras no auditório do instituto, quando proferidas por figurões do comunismo internacional. Um deles foi Álvaro Cunhal, advogado de 51 anos que, em 1961, tornara-se secretário-geral do Partido Comunista Português. Era um homem de boa aparência, cabeleira imaculadamente branca, bem-articulado em seu discurso. Também ouvi conferências esperadas por todos e que a todos frustraram, como as ditas por Luiz Carlos Prestes e Dolores Ibarruri. Prestes, aos 66 anos, brindou-nos com uma preleção inodora, soporífera, quase inaudível. *La Pasionaria*, heroína da República Espanhola e autora do famoso *slogan* "No pasarán", então com 69 anos, se por um lado era o oposto de Prestes, com sua altissonância, por outro a ele se igualava em vacuidade, a trovejar velhos e cansados bordões anti-imperialistas.[10] Também 69 anos tinha Anastás Mikóian, que logo se tornaria presidente do Soviete Supremo: por maiores serviços que tivesse prestado à URSS e à paz internacional, como na Crise dos Mísseis em 62, era difícil ouvir sua exposição sem associá-la à frase alvar que pronunciara em Cuba, em 1960: "O socialismo é incompatível com a rumba".

Na segunda quinzena de setembro tivemos no instituto o grande evento do ano: a visita do ex-camponês e ex-mineiro ucraniano de 70 anos, que desde 1953 era primeiro-secretário do Comitê Central do PCUS e desde 1958 presidente do Conselho de Ministros.

Como Stálin, Nikita Sergueievitch Kruschov era um rústico, mas de outra índole. Aquilo que em Stálin haveria de inspirar temor, nele era simpatia ou representação, como sua sapatada na mesa da ONU em 1961. Na década de trinta, o poeta Ossip Mendelstan foi preso por ter feito versos satirizando os bigodes de Stálin. Em 1964, em Moscou, proliferavam anedotas sobre Kruschov e era voz pública que ele alimentava tal falatório. Ou tal culto. Era um demagogo inteligente e zombeteiro. Calvo, pletórico, nariz de arrebito e dentinhos separados, diante de uma copiosa e magnetizada plateia ele parecia um ator, tantos os trejeitos daquilo que, afinal, era uma *performance*. Falou mais de hora e respondeu a dezenas de perguntas, geralmente com pilhérias, fanfarrices. Ao abordar as mudanças do mundo no pós-guerra, simulou já não saber quantos países tinham adotado o socialismo e perguntou ao

---

10. Dolores Ibarruri morreu em Madrid, em 1989.

seu secretário: "Quantos são?". Ao definir o que era coexistência pacífica, sintetizou: "É aquilo que existe porque somos tão fortes quanto eles". E sobre a guerra nuclear: "Os Estados Unidos têm um arsenal suficiente para destruir cem vezes a União Soviética, que por sua vez poderia destruir os Estados Unidos apenas uma vez". Uma pausa e arrematou: "Já nos basta". Mas era um tipo impressionante. Quando elevava a voz poderosa, anasalada, seus olhinhos de rato se acendiam e sua figura lograva uma energia quase assustadora. Foi demoradamente ovacionado por alunos e professores do instituto. Ninguém imaginava que, em três semanas, desapareceria da história da URSS.

Ainda em setembro, num domingo, fui com Nina ao Parque Gorki, retângulo de 50 hectares ao sul da cidade, limitado a oeste pelas margens de basalto do Rio Moscou. Pelas alamedas cruzavam casais com filhos pequenos, namorados, grupos de rapazes e, de mãos dadas, garotas de tranças louras e tez alabastrina. E todos, homens, mulheres, crianças, demandavam aos abertos onde fruiriam as últimas mornuras do sol de outono. Tiramos fotografias, caminhamos até o rio e, à meia-tarde, procuramos um banco em sítio mais sossegado. Tomamos chá e comemos pão e salame, que ela trouxera numa cestinha. Com Nina eu podia conversar, ela se adaptava ao meu vocabulário. Esse ajuste tolhia meu aprendizado, mas era preferível nos entendermos logo com meu estreito russo a ampliá-lo para conversar melhor depois.

Depois quando?

Para nós não havia nenhum depois.

Era sobre esse dilema, o amanhã, que pretendia conversar com ela. No início de setembro os russos tinham tentado restituir um dos nossos ao Brasil. O roteiro era complexo, era perigoso, e para pô-lo à prova os líderes do grupo, em segredo, designaram o piauiense que, na chegada, desaviera-se com um veterano por causa da comida. Interrogado em Paris pela Interpol, não observou as instruções que recebera, reagiu como reagira no restaurante, exigindo a mandioca, e foi preso. Imagino que os funcionários do PCUS, através dos camaradas franceses, souberam o que foi feito dele. Nós não. Nós não sabíamos de nada, nem mesmo que o nordestino viajara, e de tais minúcias viemos a saber depois, aos retalhos. Soubemos, sim, que os russos consideraram insensata a escolha do precursor e agora necessitavam de mais tempo para organizar novo plano de viagem. Todo o trabalho se perdera.

A volta ao Brasil, contudo, já estava na berlinda. Se não falássemos agora, eu me perguntava, como seria nossa despedida? Iria vê-la num final de tarde apenas para dizer *do svidania* – até à vista? E nem com um adeus assim podíamos contar: somente na véspera da viagem, à noite, o escolhido saberia que chegara a sua vez. Era fácil imaginar o que aconteceria. Uma noite eu a deixaria em sua casa, despedindo-me no portão, e ela nunca mais ouviria falar de mim. Com extrema dificuldade, ciscando as palavras, consegui traduzir parte das minhas aflições, mas desisti ao notar que ela estava emocionada.

Anoitecia, acendiam-se as luzes nas alamedas, rareavam já os visitantes. Passara-se muito tempo sem que percebêssemos. Estávamos sozinhos naquele refúgio do parque e então ocorreu algo inusitado. Os brasileiros, na URSS, não nos preocupávamos com a segurança e costumávamos dizer com orgulho que nunca víramos mendigos ou delinquentes. Justamente no Parque Gorki, um dos lugares mais estimados de Moscou, fomos cercados por uma récua de jovens malvestidos, mal-encarados, agressivos, debochados. Nina levantou-se e pôs-se a discutir com eles, um dizia uma coisa, ela dizia muitas, falando sem parar e houve um momento em que compreendi o que queriam. E gelei: queriam a mulher. Até então eu estivera sentado, confiando em que cederiam aos argumentos dela. Levantei-me também e usei a expressão mais ou menos apropriada que conhecia: *Shto eto tacói?* – O que significa isso? Por trás do banco, um dos rapazes me empurrou com tal violência que me derrubou. Nina começou a gritar. Deram-lhe uma bofetada e mais não lhe bateram, nem a mim tampouco, porque ouviram os apitos dos policiais do parque. Fugiram, desaparecendo entre o arvoredo.

Fomos levados ao prédio da administração. Eu queria reclamar, queria vociferar, mas dava de encontro à muralha da língua e me sentia como nos pesadelos em que alguém tenta mover-se e seus pés grudam-se ao chão. Só conseguia dizer: *Eto nilziá, eto nilziá* – Isto não pode ser, isto é impossível. Mas fomos bem-tratados. O administrador se desculpou pelo cochilo da guarda, mandou uma funcionária cuidar de Nina, que sangrava no nariz, e chamou um carro para nos levar aonde quiséssemos. Ao embarcarmos, vimos os policiais chegando com três rapazes. Um deles, muito jovem, soluçava. Estavam com as roupas rasgadas e tão machucados que quase não podiam andar.

16
O ocaso da Era Kruschov

Na manhã de 15 de outubro fomos surpreendidos pela notícia de que Kruschov já não era o corifeu do PCUS e da URSS. A mudança ocorrera na calada da noite, enquanto ele repousava em Yalta, no litoral ucraniano do Mar Negro. No instituto, acendeu-se agudo inconformismo: europeus, asiáticos, americanos, dezenas de camaradas se recusaram a comparecer às aulas, alguns, perplexos, outros revoltados contra o que parecia ser um reles *coup d'état* aplicado ao governo daquele que arguira os crimes de Stálin. Os italianos eram os mais exaltados e discutiam aos gritos, com insultos de parte a parte. A facção pró-Kruschov se indignava especialmente com um vício da política doméstica do PCUS: nas primeiras horas da manhã já haviam sido retirados das paredes do instituto todos os retratos do líder em desgraça.[11]

---

11. O processo de exclusão de Kruschov teria sequência em abril de 1966, quando foi alijado do Comitê Central do partido, e em junho de 1967, ao lhe tomarem a cadeira no Soviete Supremo.

Começava um novo capítulo da história da URSS: Anastás Mikoian como presidente do Soviete Supremo, Aléksin Kossíguin como presidente do Conselho de Ministros e Leonid Brezhnev como o poderoso primeiro-secretário do PCUS.

A imprensa soviética noticiou o fato sem comentá-lo. As agências internacionais, louvadas na boataria que circulava no meio diplomático, elegeram a política externa como a alavanca da questão: ou era a precariedade das relações sino-soviéticas, ou uma consequência da Crise dos Mísseis ou, talvez, o auxílio material fornecido a Gamal Abdel Nasser, prestigiado por uma visita do próprio Kruschov numa ocasião em que as prisões do Cairo estavam apinhadas de comunistas egípcios.

Essas razões, articuladas, quem sabe, nos corredores do Kremlin, mascaravam outras de maior ponderação, que afetavam o desenvolvimento do país e seu prestígio internacional: os incessantes problemas da agricultura, que atravessavam quarenta anos de diástase teórica e eram quase tão idosos quanto a Revolução de Outubro, remontando às décadas em que o partido se sujeitara aos desmandos de Stálin e lhe enaltecera a feroz perseguição ao chamado – por Stálin – "grupo bukharinista", do qual faziam parte, além de Bukhárin, membros do Comitê Central, como Tomsky, Rykov e Uglánov.

Bukhárin defendia o incremento da *NEP* – Nova Política Econômica – de acordo com os fundamentos lançados por Lênin, que pressupunham avanços graduais em direção ao socialismo, sem choques para os camponeses e facilitando sua cooptação, ao passo que Stálin praticava, com ou sem aval do Comitê Central, a coletivização forçada da agricultura, criando velozmente os *kolkhosi* e avolumando as requisições de cereais aos pequenos proprietários para lhes agilizar a extinção como classe social. Constatando o fracasso do projeto após uma viagem à Sibéria, onde ouviu informes desalentadores – como a fuga em massa dos *kolkhosi* –, não mais se afastou da capital e canalizou suas energias na maquiagem dos balanços agrícolas e no "depuramento" do aparelho partidário, como se a eliminação dos oponentes pudesse fazer com que a União Soviética, ao menos, produzisse mais do que no tempo dos czares.

Stálin e Kruschov, *odnó y to zhe* – uma coisa e outra igual. Se o primeiro acelerara a organização dos *kolkhosi* para coletivizar a agricultura, o segundo, para socializá-la, esmerou-se na transformação daquelas fazendolas de propriedade cooperativa em estabelecimentos de propriedade estatal, isto é, os *sovkhosi*. Ao invés de uma progressiva adaptação, uma revolução: valeu-se de um ato de governo para reduzir quase a zero o limite de propriedade do colcosiano, obrigando-o a socorrer-se do novo modo de produção.

Essa pressa, sobre desafiar o exemplo histórico do fracasso e saltar etapas da socialização – a crítica que o partido fizera ao "esquerdismo" de Trostky e ao seu conceito de "revolução permanente" –, evidenciava um revisionismo deletério dos preceitos de Lênin, que antevendo o perigo das revoluções graciosas dentro da revolução, tinha uma preocupação quase patética com os pequenos produtores: "Estes, porém, não se pode expulsar, não se pode esmagar, é preciso conviver com eles e só se pode transformá-los, reeducá-los, mediante um trabalho de organização muito longo, lento e prudente".[12]

Era surpreendente que tal orientação emanasse do mesmo governo que, após a morte de Stálin, convocara a Moscou o secretário-geral do Partido dos Trabalhadores da Hungria, Matyas Rakosi, e ordenara que, para melhorar o padrão de vida do povo húngaro, desse um fim à implantação de novas cooperativas. O que se inculcava à Hungria, não aproveitava à pátria-mãe do socialismo, que marcava passo em sua caminhada para o comunismo e cuja produção de grãos ainda se mantinha em patamares aceitáveis graças a enclaves passadistas, como o lucro e a propriedade privada nos *kolkhosi*. Uma anedota da época: Kruschov vai a um *kolkhós* que está sendo moldado à nova economia e vê um camponês plantando: "Trabalha, camarada", diz Kruschov, "o comunismo está no horizonte". Ao que o outro responde: "Já notei, quanto mais a gente se aproxima, mais ele se afasta".

No *sovkhós*, chamado a produzir de um modo que não compreendia e carente de efetivo apoio financeiro e tecnológico, o ex-colcosiano, que acabara de perder o estímulo do lucro cooperativo, também viu-se privado de participar da anunciada emulação socialista. E tornou-se um indolente ou desertou. A produção voltou

---

12. *Esquerdismo: doença infantil do comunismo*, cap.5.

a cair e a União Soviética, para gáudio dos que faziam do anticomunismo uma profissão, precisou aumentar suas importações cerealíferas dos Estados Unidos.

A queda de Nikita Kruschov deveria e poderia ter sido uma vitória da revolução. Não o foi. Os fatos posteriores comprovaram que a correção de rumo era menos intenção do que pretexto para troca de pessoal. Mikoian, velho comunista nascido no século XIX, em breve seria afastado. Recriou-se o *politburo* – birô político –, e o cargo de Brezhnev passou a ser chamado de secretaria-geral. Nada mais mudou, exceto na garagem do secretário-geral, com a frota de automóveis de luxo que colecionava. Revitalizava-se a *nomenklatura*, mas a economia sovcosista, no campo, persistia em sua queda abismal.

Na área do COMECON[13] também se irradiava tal mesmice e assim como na Era Kruschov a União Soviética invadira a Hungria para suprimir divergências na condução do socialismo (1956), na Era Brezhnev, por igual motivo, invadiria a Tchecoslováquia (1968). O PCUS fazia as vezes do animal bidorsal de que fala Iago em *Otelo*: em coito com sua própria imagem, de costas para o passado, que o prevenia de grave enfermidade, e de costas para o futuro, que o mataria.

Kruschov era popular no meio urbano e sua defenestração foi alvo de protestos na primeira ocasião que, para tanto, tiveram os moscovitas.

No domingo seguinte, na Praça Vermelha, deu-se a parada em homenagem à façanha do *Volskhod-1*,

---

13. Conselho de Ajuda Mútua Econômica.

espaçonave que nos dias 12 e 13 daquele mês, pela primeira vez na história das conquistas espaciais, consumara um voo com três tripulantes: o comandante Vladimir Komarov, o cientista Konstantin Feoktístov e o médico Bóris Yegôrov. Na sacada do mausoléu de Lênin, perfilavam-se os heróis e outros cosmonautas, como Andrian Nikolaiev e Valentina Tereshkova, e negrejavam os sobretudos de Kossíguin, Mikoian e Mikhail Suslov, este o téorico do partido. Brezhnev não comparecera.

Abriam-se os eventos na Praça Vermelha com a parada militar, seguida da passagem multitudinária de cidadãos com suas bandeiras, representando organizações de trabalhadores. Naquele dia de festa e orgulho nacional, o povo, como sempre, superlotou a praça. Viu o desfile, ouviu a fala do comandante Komarov, mas quando Kossíguin se empertigou para arengar, debandou em massa e quis escapar pelas extremidades da praça, tomando as ruas laterais da Catedral de São Basílio e do Museu Histórico. Policiais e soldados deram-se as mãos, na tentativa de impedir a fuga, houve empurra-empurra, discussões, agressões, mas um grande número de populares conseguiu romper as barreiras e evadir-se, uma vergonha testemunhada pelo corpo diplomático, que ocupava os assentos junto ao mausoléu.

No instituto, o nome de Kruschov foi sepultado. Para todos os efeitos, deixara de existir. Ou, por outra: jamais tinha existido. Acaso não era a mesma borracha que o estalinismo passara na memória de Bukhárin?

17
A cavalgada das valquírias

Ao mesmo tempo em que me dedicava ao sonhado livro sobre o reino de Urartu e testemunhava as mudanças que, naquele outubro, abalavam a União Soviética, era obrigado a conviver, no alojamento, com as censuras de meus companheiros. Ausente nas reuniões da Turma B, vinha a saber do que nelas ocorria através daqueles que, nas discussões, costumavam tomar o meu partido. E essa pressão se renovava a cada dia, não acabava, não tinha fim e a cada dia era mais intensa e desproporcional aos fatos que a causavam.

Um italianinho coxo de Reggio nell'Emilia ia retornar ao seu país e, sem dinheiro para os presentes à família, ofereceu-me, por 20 rublos, sua bela gabardina três-quartos com forro de lã escocesa. Comprei para ajudá-lo e, naturalmente, passei a usá-la naqueles dias frios. Pois até a gabardina foi "denunciada" em reunião:

em meu corpo, veio a ser considerada uma estampa do individualismo burguês.

Era demais.

Eu enfrentara melhor do que meus companheiros as sequelas do Golpe em nosso país e era uma ironia que estivesse a sucumbir na voragem de quem muito antes sucumbira diante delas. Havia noites em que o sono não me abençoava e lá estava eu a conversar comigo mesmo, tentando me acalmar ou consolar e propondo soluções para o insolúvel. Quando conseguia dormir, despertava-me a baderna dos que chegavam da rua embriagados.

Fim de outubro.

Passava da meia-noite e um companheiro bateu à porta de meu quarto, convocando-me para uma reunião. Respondi que não iria e muito menos naquele horário. Ele insistiu: a reunião começara mais cedo, no salão do térreo, e o que se discutira era matéria de meu interesse.

Vesti-me e desci.

Era o grupo completo, novatos e veteranos, e neles percebi um ríctus de tensão, sinal de que já houvera algum atrito. O Líder tomou a palavra. Desde junho não me viam nas reuniões, começou ele, e embora, pessoalmente, não lamentasse meu afastamento, mandara me chamar por imposição da pauta: uma resolução que devia comunicar.

E passou aos considerandos.

Na semana anterior recebera denúncia acerca de procedimento meu, testemunhado por um dos dirigentes da Turma B na fila do restaurante. Ele me vira abrir a tampa do baleiro sobre o balcão e retirar um caramelo. Configurava-se o furto porque não o incluíra na conta do almoço.

E não era só.

Ultimamente, em altas horas da noite, costumava sobressaltar o alojamento, reproduzindo no toca-discos uma ruidosa composição que, segundo lhe disseram, era da autoria de Richard Wagner. Também lhe haviam dito que fazia aquilo para abafar os gritos do companheiro G., mas, ao juízo da maioria, o objetivo era forçar meu retorno ao Brasil, passando à frente de outros mais merecedores desse privilégio.

E não era só.

Levara tais fatos ao conhecimento do camarada Spínkov, diretor do instituto, e este declarara que Wagner era um compositor nazista. Também ouvira do diretor que, se meu desempenho nos primeiros meses do curso fora satisfatório, no segundo semestre ausentara-me das aulas, e essa rebeldia, segundo um relatório que recebera, já se externara em julho, em Erevan, pois descumprira o programa das férias para frequentar um hotel suspeito, onde me encontrava com uma prostituta armênia.

E ainda não era só.

O camarada Spínkov era de opinião que meu comportamento se deteriorava e aprovara minha internação numa casa de saúde.

Eu ouvira em silêncio e agora ia falar. Era um absurdo que me acusassem de forçar o retorno ao Brasil, então não se lembravam de que em agosto, na volta das férias, eles mesmos tinham tentado me mandar embora? E não pude continuar, atalhado pelo Líder: por estar dormindo na hora da reunião, não solicitara minha inscrição no debate. Alguns companheiros o contestaram, ele reagiu e um dos veteranos o insultou. Seguiu-se tamanha desordem que nem notaram quando me retirei.

Era inútil permanecer ali.

Essas e outras assacadilhas, vistas ao longe, mostram-se tão bufas quanto a circunspecção com que eram feitas, mas eu as via muito de perto, ou muito de dentro, e eram como alfinetes que me cravassem no corpo todo, abrindo pequenas feridas e tornando-o progressivamente mais sensível.

E agora essa punhalada, a casa de saúde. Que casa de saúde era aquela? Um manicômio?

Em meu quarto, debatia-me na teia daquele ano de incompreensões, afrontas e perseguição tenaz, como o mísero inseto acuado pela aranha. Era preciso fazer alguma coisa, qualquer coisa. Já não estava lidando com mesquinharias que pudesse arredar com o pé, mas com um perigo real, monstruoso, iminente: iam me internar.

Demente, eu? E se realmente estivesse?

No pânico da madrugada, na solidão do quarto escuro, passou-me pela cabeça a ideia de me lançar daquele quinto andar. Um louco faria isso, não faria? A janela já estava preparada para o inverno, com tiras de esparadrapo cobrindo as fendas entre marcos e travessas, e num destempero comecei a arrancá-las uma a uma. Enquanto o fazia, arrebatavam-me pensamentos urgentes, febris, que chegavam e logo partiam nas asas frágeis de suas inutilidades. Mas um deles se aninhou e então me compenetrei de algo que, dito assim, simplesmente, há de ser como um truísmo, mas que naquele instante não o era: se meus companheiros não conseguiam exercer nenhum controle sobre mim, concluíam que o problema não era deles e sim meu, que era mentalmente incontrolável. Ou, melhor dito, descontrolado.

Um sofisma!

Não, não fugiria da vida, mas como pudera admitir tal possibilidade? Como pudera me portar como o enfermo que queriam que eu fosse? O que se dizia de um homem não mudava um homem. Eu era o que era, um desobediente, como Adão no Paraíso e todos os homens que ansiavam ser livres. E era moço, em julho completara 24 anos. Demente, eu? Se insistissem em me internar, teriam de me levar de arrasto. E alguém haveria de me ajudar.

Quem me ajudaria?

Ainda não amanhecera e ouvi à distância os uivos do Lobo do Paraná que iam tomando corpo, esganiçando-se, encompridando-se, na medida que subia as escadas. Chaveei a porta e liguei o toca-discos, girando o botão do volume até o fim. E tome Wagner. O sinistro berreiro, por vezes, suplantava a grandiloquência sinfônica, e eu ouvia também outros gritos irados exigindo silêncio, mais gritos ainda e agora batiam à minha porta e me chamavam e me insultavam, mandando desligar o aparelho.

Não desliguei.

Adiantava-se a ópera e o fragor monumental da *Cavalgada das Valquírias* fazia o sangue estuar em meu corpo. Iam me internar? Que me internassem, continuaria resistindo. E alguém haveria de me ajudar.

Quem me ajudaria?

No século XVII, escreveu Francis Bacon: "Vós podeis usar salsaparrilha para tratar o fígado, bisturis de aço para abrir a vesícula biliar, flor de enxofre para os pulmões, castóreo para o cérebro, mas não há receita que se possa aplicar ao coração a não ser um verdadeiro amigo, com o qual possais partilhar pesares, alegrias, temores, esperanças, suspeições, conselhos, e tudo quanto pese sobre o vosso coração e o oprima".

Eu esperava esse amigo e era plausível que confiasse encontrá-lo entre pessoas que, como eu, acreditavam no socialismo. Aquilo que eu via no alojamento era a exceção, não a regra. Nem todos os comunistas eram autocráticos, sectários ou "esquerdistas ridículos", como dizia Lênin dos alemães de Frankfurt am Main. Sobretudo, acreditava nos homens, nem todos eram pulhas, e tinha a certeza íntima de que, mais dia, menos dia, haveria de encontrar um homem honrado, um comunista de verdade – como aquele Francisco, em Blumenau –, que me apreciaria não por ser igual a ele, mas por ser diferente, e me estenderia a mão com o coração cheio de afeto.

18

A entrevista e a consulta

Naquela manhã fui ao instituto falar com o diretor. Pretendia demonstrar ao camarada Spínkov, um economista, que me encontrava em meu juízo perfeito e a ideia de me internar numa casa de saúde era um disparate. Após longa espera, recebeu-me. A demora era por causa de Tamara, a tradutora, só disponível ao término das aulas. Pouco depois ela chegou. Não gostava dela, desde que se negara a auxiliar Nina na compra do vestido.

Contei o que ocorrera na véspera, justificando-me.

Se já não frequentava as aulas era porque, no segundo semestre, repetiam-se os conteúdos do primeiro, com o objetivo de nos ocupar, e achava eu que podia empregar meu tempo em outros e mais proveitosos afazeres. O caramelo? Era possível que me tivesse esquecido de pagar e o que mais podia dizer senão que a denúncia era grotesca e quem a fizera, sim, deveria ser internado? A ópera de Wagner, tocava-a, mas me constrangia revelar o porquê e cabia a ele, diretor, investigar o que ocorria nas madrugadas do alojamento. Já o relatório das férias era uma mistura de meias-verdades e calúnias. Deixara de conhecer algumas fábricas para voltar às ruínas de Urartu: pretendia escrever um livro sobre o assunto. O "hotel suspeito", por favor, era o Hotel Armênia, na Praça de Lênin, onde se hospedavam os líderes soviéticos, e a moça que visitara – e depois me acompanhara em viagens ao interior – era uma amiga uruguaia, estudante de Geologia, e não uma "prostituta armênia", como certificara o infame autor do relatório.

Aguardava um comentário do camarada Spínkov, aceitando minhas ponderações e, quem sabe, desculpando-se pelo que fora escrito sobre Elisa, mas ele nada disse. Abriu um caderno, consultou-o e me perguntou se era verdade que, em agosto ou setembro, eu dissera ao tradutor de espanhol, camarada Sanches, que o socialismo soviético me desapontara. E me olhava, como a significar que, agora sim, versávamos algo de maior relevância.

Eu não imaginava que uma conversa a dois fosse parar nos cadernos do diretor, e a surpresa, somando-se ao medo da internação, levou-me a dar explicações que, noutra circunstância, não daria.

Dissera aquilo, sim, e reconhecia que me excedera, universalizando uma ocorrência singular: uma mulher comparecera a um departamento do Soviete de Moscou para informar-se sobre um expediente que encaminhara, e o funcionário lhe dera a entender que poderia ajudá-la, desde que, por assim dizer, fosse generosa. Também dissera a Sanches que a corrupção podia estar presente em Cuba, cuja revolução comemorara 5 anos em julho, mas não na Rússia, onde em novembro comemoraria 50.

A conduta do funcionário era criminosa, assentiu o diretor, e para que fosse identificado e castigado, era indispensável ouvir a testemunha.

Que espécie de problemas teria ela, se fosse chamada? Acaso cometera um deslize ao desafogar-se de seus contratempos? Controlaria o Estado a voz dos cidadãos, ao ponto de lhes sopitar as reações de desgosto? Não, era impossível, bastava ver a seção de cartas do *Pravda* ou do *Izvéstia* para constatar que eram comuns as críticas a atos do governo. No entanto, parecera-me que o diretor estava mais vivamente interessado em identificar a mulher do que o funcionário. Impressão minha ou um pequeno indício de que a crítica era submetida a certa gradação, se exposta a ouvidos estrangeiros? Em qualquer caso, nada lhe diria. De mais a mais, tal mulher estava justamente ao meu lado, traduzindo o que eu dizia. Embora não simpatizasse com Tamara, não tinha intenção alguma de prejudicá-la, e respondi ao diretor que meu conceito de decência não era igual ao do camarada Sanches: mantivera com a mulher uma conversa particular e só declinaria seu nome se fosse por ela autorizado.

O camarada Spínkov sorriu e levantou-se, dando por finda a entrevista. E a casa de saúde, perguntei. Não, em momento algum recomendara a internação. Ciente de minhas desinteligências com o grupo, sugerira uma consulta ao psiquiatra, no serviço médico do instituto. Por que não fazia isso? Não estava precisando de ajuda? De um amigo? Então, o que estava esperando? Se concordasse, agora mesmo combinava um horário com o médico e tinha certeza de que eu voltaria a ser o aluno brilhante do primeiro semestre. Como alternativa à casa de saúde, a consulta era um bálsamo. Concordei e ele telefonou: entre quatro e cinco da tarde, o psiquiatra estaria à minha espera.

Descíamos a escada para o térreo, Tamara e eu, e ela, delicadamente, tocou no meu braço:

– Muito obrigada.

Eu não disse nada.

À tarde, lá estava eu diante de um homem de seus 35 anos, gordo, pletórico, cabelos claros à escovinha e olhos que, atrás das lentes, pareciam minúsculos. Esforçava-se para ser simpático, mas não conseguia convencer de que sua simpatia não era apenas profissional.

Com o auxílio de Tamara, disse-lhe que estávamos os brasileiros em enervante situação. Viéramos a Moscou para um curso de seis meses e fôramos surpreendidos pela mudança de governo no Brasil, que impedia nosso regresso e afetava negativamente a vida em grupo. E esta, para mim, tornara-se insuportável. Sim, disse ele, já sabia. Como? O que estava a me dizer? Que alguém o consultara por mim? Não, de modo algum, mas ouvira um relato do camarada Spínkov e, de comum acordo com ele, aconselhava um procedimento que, por certo, seria de meu agrado. Perguntou se eu gostava de ler e ao ouvir que, além de ser bom leitor, estava escrevendo um livro, observou que esse gosto vinha a calhar. Urgia que me afastasse dos brasileiros e então propunha que, às expensas do instituto, passasse uns 20 ou 30 dias numa *dátcha* – casa de campo – localizada em Kuntsevo, região tranquila nos arredores de Moscou. Poderia levar meus livros, a máquina de escrever, o toca-discos, e não teria preocupações domésticas: uma acompanhante cuidaria da manutenção da casa, da alimentação, da roupa, dos medicamentos de que necessitasse.

Aceitei e agradeci.

Kuntsevo! O lugar onde Stálin tinha sua casa de repouso! Era a paz que precisava, com tempo de sobra para dormir, ler, escrever e conversar comigo mesmo. E Nina? Ela estava fora daquele círculo de horror e me sentia na obrigação de preservá-la. E só o conseguiria se me afastasse dela.

O serviço médico funcionava no subsolo do instituto. Ao deixarmos o consultório, Tamara fez menção de dizer algo, mas não chegou a fazê-lo. Com um esgar de choro, subiu correndo a escadaria. Santo Deus, teria o diretor descoberto que era ela a inconformada cidadã?

19
Nina

No último dia de outubro desapareceram três de meus companheiros. Sempre evitando o grupo, não dei pela falta deles, mas à noite, no alojamento, ouvi alguém comentar que não compareceram às aulas e seus quartos, durante o dia, permaneceram fechados. Era evidente: começara a volta ao Brasil. Os russos tinham aprontado o novo plano de viagem.

Quatro dias depois sumiram mais três.

Quando partiria a terceira leva? E a quarta? Em qual delas eu estaria? Se a decisão coubesse aos líderes, eu seria um dos últimos. E essa leva derradeira, partiria em novembro ainda? Em dezembro? Também não sabia, mas pude calcular que, persistindo a regularidade da escala, viajaria tão logo retornasse de minha temporada na *dátcha*. Isso significava que, ao me despedir de Nina para ir a Kuntsevo, não tornaria a vê-la.

À tarde, fui buscá-la na fábrica do *Dinâmo* com a aflita consciência de que sobreviera a hora tão temida.

O fim.

Que mais podia fazer? Levá-la comigo ao Brasil? Não permitiriam, quando menos pelos riscos que correria na viagem. E vamos que permitissem, como entraria no país acompanhado de uma russa? E o que fariam com ela, se acaso me prendessem na chegada? Mas tudo eram sonhos, já estava farto de saber que, desde sempre, adoecíamos de um mal sem cura.

Caminhávamos pelas estreitas ruas do *Dinâmo* e como era difícil falar. Falava aos arrancos, ela me interrompia – *niet, niet* –, pedia que esperasse uma semana, dois dias, um dia ao menos, e eu me perguntava, perguntando-lhe: um dia, outro dia, para começar tudo outra vez? Não, não queria tornar mais dolorosa nossa despedida e isso ela haveria de compreender mais tarde, quando eu fosse apenas uma lembrança de seu tempo de menina. Haveria de compreender também que a amara e por isso tivera o cuidado de protegê-la de tudo, inclusive de mim mesmo.

Seu rosto se contraiu, os olhos se apertaram, a boca se contorceu e o que eu via era a comoção de uma criança que ia chorar.

Yá baiús, ela disse – eu tenho medo.

Medo? De que tinha medo? Esperava um nenê? Chorava e não me respondia. Tanto quanto eu sabia, sua fisiologia naquele mês não se alterara. Por que não me respondia, dificultando ainda mais o que, para nós, já era um drama? Soltei-lhe a mão e saí andando à sua frente, esperando que se decepcionasse, que me odiasse ou que ao menos, na calçada, ficasse para trás. Não ficou, seguiu-me. E me seguiam também os seus soluços.

Na avenida, eu, que costumava voltar a pé, embarquei no primeiro ônibus. Ela permaneceu na calçada, imóvel. Já não chorava. O ônibus não partia e vendo-a ali, o olhar de inocência pasmada a me buscar atrás dos vidros, tive a certeza de que aquela cena de uma menina loura na calçada haveria de me perseguir, como uma sombra, pelo resto de meus dias.

O ônibus partiu. Eu olhava os passageiros do entardecer, quantos deles teriam sentido alguma vez aquela mesma dor, quantos deles eram infelizes? A maioria, talvez: num momento crucial de suas vidas tinham cometido a suprema torpeza de trair o próprio coração.

Não, não era isso.

Torpeza era pôr nas mãos da pessoa amada uma jarra vazia, para que a enchesse e viesse a dessedentar aquele que, revigorado, em seguida ia dizer-lhe adeus. Nada podia fazer senão renunciar, legando à memória pedaços de mim que ia deixando no Cinema Rússia, nos cafés, no Palácio dos Congressos, no Parque Gorki, na Rua Armênia Vermelha, nos barcos do Porto Norte, nas tardes frias da Avenida Leningrado, num apartamento do *Sókol,* no banco de madeira sob a bétula.

Aquela noite insone não quero recordar.

Ou quero, sim: uma noite de desolação, de remorsos, como se por desídia tivesse ferido um passarinho. Não, não era isso. Era como se o tivesse engaiolado durante uns quantos meses e depois o abandonasse, deixando aberta a portinhola para que se lançasse ao mundo, sem que comigo nada tivesse aprendido senão a cantar quando eu precisava de seu canto. Uma noite enferma. Uma vontade de não estar, de não ser ou então partir para um mundo desconhecido, um mundo distante, qualquer mundo onde pudesse viver dias e meses e anos de uma existência sem memória. Qualquer mundo, menos Moscou. Menos meu quarto. Menos eu.

De manhã, contudo, tomei o metrô na Estação *Aeroport* e fui até a Avenida Leningrado, sentando-me num banco do canteiro central, de onde podia avistar a Rua Armênia Vermelha em toda a sua extensão. Queria vê-la sair de casa com sua jaqueta de gola de pele, sua *chápka*, suas botinhas de neve – apenas vê-la, nada mais –, vê-la caminhar até a avenida, seguindo para a fábrica, onde seu turno se iniciava ao meio-dia.

Esperei mais de hora, ela não apareceu.

Começara a nevar e as árvores da avenida se cobriam de flocos vaporosos. Voltei ao alojamento a pé, sentindo no rosto a ardência cortante daquelas nesgas de algodão gelado. Estava mal-agasalhado, mas meu coração, se não digo que se aquecera, ao menos se acalmara depois da noite indormida. Éramos jovens. De meu amigo Lindoval, moço como nós, a fatalidade cortara o fio do tempo nas águas do Rio Moscou, mas nós estávamos vivos, cada qual com seu longo amanhã, e aquilo que tivéramos, aquilo que vivéramos, não desapareceria com nossa separação. As pessoas amadas podiam sumir, podiam morrer, mas não sumiam nem morriam dentro da gente, e o que elas tinham sido, sempre era um pouco do que a gente passava a ser.

No entanto... do que ela tinha medo?

Era novembro.

Era um mês de perdas.

Acabara de perder quem estivera ao meu lado, amparando-me, durante nove intensos meses, e em breve perderia algo mais valioso do que o amor, do que a honra, do que qualquer outro bem do homem.

20
A barca de Caronte

Passou-se uma semana, se tanto. Ansiava pelo repouso na *dátcha*, ainda que fosse levar para lá as emoções daquilo que considerava ter feito: um sacrifício de amor. E um dia, antes do amanhecer, veio um homem me buscar. Pedi uns minutos para arrumar a mala e recolher meus livros. Não, não levasse nada, mais tarde iam providenciar. Nem a escova de dentes? Nem o aparelho de barba? Estranhei, decerto, mas não cheguei a me preocupar, às vezes os russos nos surpreendiam com procedimentos absurdos que depois se explicavam. Talvez a *dátcha* estivesse equipada ao ponto de lhe faltar somente aquilo que prometiam levar depois.

Esperava-nos o motorista, num furgão. Embarquei no compartimento traseiro, onde havia um banco fixado ao contrário e a maca. Uma abertura retangular permitia a comunicação com a cabina. Era assim, numa *skóraia pómosh* – ambulância –, que me levariam para o campo? Eles acharam graça e eu disse comigo: "Esses russos...".

E partimos.

Finalmente, distanciava-me daquele exíguo mundo de infelicidades. Agora sim, a paz, e trataria de suavizar a lembrança de Nina dedicando-me ao meu livro de história, que já ganhava corpo.

Voltava-me a todo instante para ver onde andávamos e não reconhecia aquela parte de Moscou, mas, pelo tempo decorrido, calculei que alcançávamos a periferia. Nevara durante a noite e trafegávamos lentamente por ruas desertas e com escassa iluminação. Adiante, à margem da rodovia, adensava-se o arvoredo. Pouco depois chegamos a um lugar cercado por gigantescas grades de ferro.

Amanhecia.

O homem desceu e mostrou um papel a alguém atrás do portão, que foi aberto. Entramos e, no lusco-fusco, vi a fachada de um enorme edifício. E a *dátcha*? Alguma coisa estava errada.

O furgão estacionou junto à porta principal.

Desembarquei e perguntei ao homem por que me havia trazido para tal lugar. Estávamos numa *tiormá* – prisão? Não, não era uma *tiormá*, era o Hospital do Kremlin – *Kremlovski Bolnitso*, e outras informações teria de obter no próprio estabelecimento e não com ele, que nada sabia.

Acompanhou-me à portaria, entregando o papel.

A atendente pôs uma ficha no balcão: registrasse meu nome e dados pessoais. Empurrei a ficha de volta.

Estava ocorrendo um *oshíbka* – um erro –, meu destino era uma casa de campo, não um hospital. A mulher recolocou o cartão à minha frente. Sua obrigação era apenas me receber, como estava escrito no papel que lhe entregaram.

Então iam me internar, como fora anunciado na reunião? Impossível. O camarada Spínkov assegurara não ter feito nenhuma recomendação nesse sentido e o médico dissera que eu iria para a *dátcha*. Tinha de haver uma explicação. Acaso pretendiam me submeter a exames preventivos? A mulher confirmou, sim, *meditsínski osmótr* – exame médico. Era uma generalidade, mas minha aflição queria acreditar e acreditou. Preenchi a ficha e ela me mandou passar a uma dependência anexa. O homem do furgão foi embora.

Havia ali uma banheira e outra mulher pediu que me despisse. Banhou-me, deu-me para vestir um pijama azul e chinelas e chamou um funcionário, que me conduziu ao elevador. Tinha um papel na mão. Num dos andares superiores, atravessamos um corredor que terminava numa grande porta com a metade superior envidraçada. Ele apertou a campainha.

Atendeu uma servente e em seguida veio uma mulherona que se identificou como a *glávni vratch* – a enfermeira-chefe. Apanhou o papel, leu e fechou a porta atrás de mim. Olhei ao redor: o que era aquilo? Junto à porta, um recanto com poltronas e um televisor, adiante o posto de enfermagem e logo um interminável corredor de portas fechadas, cada qual com um círculo de vidro na altura do rosto de um homem. Eu transpirava nas axilas e sentia nas pernas a frouxidão do medo: fora enganado pelo camarada Spínkov e pelo psiquiatra. Só então compreendi a reação de Tamara, no subsolo do instituto. Agradecida por tê-la poupado, comovera-se ao perceber o logro: não era para a *dátcha* que eu iria. Internado! Aquele furgão – a barca de Caronte – me transportara para uma galeria de sepulcros, com vigias para que os vivos nos monitorassem a nós, as perigosas almas do outro mundo.

Lasciate ogni speranza, voi ch'entrate.

Preciso falar com o diretor, disse à mulherona. *Patom* – depois. Não, agora – *sitchás*. Ela me tomara do braço. Desvencilhei-me e, quase gritando, disse-lhe que deveria estar numa casa de campo e não num hospital. *Dátcha, nie bolnitso*, repetia. Alguns enfermeiros me olhavam lá do posto e riam de minhas dificuldades com o idioma. Recuei, quis abrir a porta. Estava trancada e, em desespero, tentei arrombá-la com o ombro. Uma, duas pancadas e os vidros da parte superior se partiram, um caco me feriu no peito, acima do mamilo esquerdo, e outro me cortou a testa. Continuei golpeando e os enfermeiros me agarraram. *Dátcha, nie bolnitso*, gritava ainda, e eles me arrastaram para uma saleta ao lado do posto, onde havia uma cama. Deitaram-me de bruços, um deles pressionando meu pescoço no colchão e outro a me descer a calça do pijama. Aplicaram-me uma injeção na nádega.

Ao acordar, estava noutra cama, noutro quarto, e era um daqueles quartos que eu vira no corredor, com a vigia na porta. Trazia curativos no peito e na testa, e em meu braço havia uma agulha conectada a um frasco de soro. Ao meu lado, segurando-me a mão, uma jovem enfermeira. Conversou comigo, informando o horário das refeições, dos medicamentos. Por enquanto, eu não podia sair do quarto, mas se precisasse de algo devia acionar a campainha atrás da cama. Era muito atenciosa.

Como é teu nome, perguntei.

Lara, ela disse.

21

O batalhão dos mortos

Na primeira noite, quando Lara saiu chaveando a porta, foi-se com ela a minha calma. Deitado, mal podia respirar. Retirei a agulha do braço e apertei a campainha, pensando que a enfermeirinha voltaria. Quem veio foi a mulherona. Não entrou. Olhou pela vigia e, vendo-me em pé, advertiu: *Nada spat* – é preciso dormir. Quero ir embora, eu disse, *dátcha, nie bolnitso*. Ela reagiu asperamente e então comecei a bater com o punho na porta, pedindo que a abrisse. Vieram os enfermeiros e me levaram para a cama.

Outra injeção.

Outro longo sono.

Outra morte.

Em algum momento despertei, sem saber se era noite ou se era dia. Naquele quarto sempre era noite: a lâmpada acesa e as janelas lacradas – sem vidros, sem trincos e as fendas cobertas de esparadrapo. Soube que era noite porque trouxeram a janta. Ou seria o almoço? A servente esperou que comesse e levou a bandeja com os comprimidos recusados. Ela insistira e eu gritara: *Niet!* Rejeitá-los era o bastião de minha revolta, mesmo sabendo que essa conduta, para quem não me conhecia, justificava a internação.

Exasperavam-me a mentira, o engodo. Um comunista fazer aquilo com um camarada. Não era eu que devia estar ali e sim quem me iludira, era para eles, os fraudadores, que Dante reservara o oitavo círculo do Inferno.

E aquela porta fechada, que me obrigava a haustos continuados, que parecia se aproximar quando a olhava, que tinha uma abertura envidraçada, como a tampa dos féretros de luxo, e lá nas alturas a lâmpada acesa, dia e noite me obrigando a ver as paredes brancas e nuas, a mesa branca e vazia, o banheiro sem espelho, o box sem cortina, o vaso sem assento – a escalvada topografia de minha sinistra *dátcha*.

Indignado, arremessei o chinelo contra a lâmpada, espatifando-a. Agora não enxergava nada, exceto uma lua amarela na porta. Deitei-me, um tanto receoso do que acabara de fazer, e eis um rosto masculino na vigia. Pouco depois a porta se abriu e a silhueta da *glávni vratch* se recortou na claridade do corredor. Viu os cacos no piso, mas nada disse. Chamou os enfermeiros e os deixou postados junto à porta aberta. Não me movi. Vinha outra injeção, quem sabe, outro longo sono, outra morte, e era melhor do que a vigília num jazigo de mármore. Mas não veio. Os homens continuavam ali.

Se não viera a injeção, o que viria agora? Meu coração desatinava e eu ouvia seu célere galope nas têmporas, contra o travesseiro. O que viria agora? A camisa de força? Certamente eu enlouqueceria.

Esperei. Esperava.

Entrou a servente com a vassoura. Tentava juntar os cacos na penumbra e pisava neles, resmungando. Ainda estava a varrer quando retornou a mulherona, acompanhada de duas pessoas cujos rostos, na contraluz, não eram visíveis. Entrou também um homem com a escada e substituiu a lâmpada. A servente pôs-se a recolher os cacos na coberta da cama. Quem estava com a enfermeira-chefe era a médica do setor e Tamara. Tinham mandado buscar a intérprete para se entenderem comigo.

Não adiantava eu me insurgir, disse a médica, não sairia dali enquanto não me desse alta. Eu estava doente, embora não admitisse, e devia tomar os medicamentos se quisesse me restabelecer e voltar mais cedo "para casa". Quis informá-la das circunstâncias em que fora internado, invocando o testemunho de Tamara, e ouvi a resposta previsível: não era matéria de sua competência. Não insisti, pensando no que estava ou estivera por vir. Apenas perguntei quanto tempo ficaria no hospital. Dependia de mim, tornou. Se aceitasse o tratamento, uns 20 dias.

Era muito, mas, enfim, era um prazo.

Era uma esperança.

Nos dias seguintes fiz um grande esforço para evitar sobressaltos no posto de enfermagem. Mantinha a disciplina e tomava os comprimidos. Eram vários, de dois pude descobrir o nome russo: Artan e Stelazin. Manter a disciplina significava fazer as refeições e, entre elas, deitar, dormir, quando desperto contar as emendas do esparadrapo na janela ou olhar para o nada, como aqueles campônios do Mosteiro de Geghard.

Minha única distração era no meio da manhã: com o nariz no vidro, via cruzar no corredor, a passos largos, um batalhão de pacientes, todos de pijama azul. Iam e vinham, marciais, hieráticos, e eu poderia perguntar, como Dante: *Que turba é essa [...] e qual costume / tanto a passar a torna pressurosa, / se bem discerno ao duvidoso lume?* Eram os mortos que, a certa hora do dia, tinham permissão dos vivos para andar no corredor e ressuscitar os músculos corruptos, fingindo que também estavam vivos.

E eu? Estava vivo ainda?

Chegava a noite – uma abstração consequente à abolição dos ruídos – e o silêncio da noite, entre as paredes brancas e nuas, dava-me uma dor intensa no peito e uma ânsia insuportável de gritar. Acionava a campainha, já sabia que, ao anoitecer, começava o turno de Lara. Vinha a enfermeirinha, sentava-se ao lado da cama, segurava minha mão e conversava. Tinha o dom de conversar sozinha como se fosse a dois. E assim eu conseguia dormir.

22
O hóspede sem rosto

Os medicamentos produziam seus efeitos. Já não sentia medo, mas também perdera a vontade de deixar a cama. No início contava os dias, para ver quantos faltavam para o vigésimo. Depois nem isso. Dias brancos como os limites caiados do quarto, com nesgas de um pálido colorido: as refeições, quando trocava duas palavras com a servente, e as visitas da enfermeirinha: a noturna, se a chamava, e a matinal, quando ela me barbeava e me convencia de que era preciso tomar banho. Da porta do banheiro comandava o minueto do sabonete: ali, apontando a cabeça, e ali, apontando as axilas, e ali, apontando o umbigo, a virilha, os pés. E vestisse o pijama limpo e as novas meias que trouxera.

Numa das manhãs em que Lara me assistia, mencionei que, antes de ser internado, estava escrevendo um livro. Ela conseguiu que meus cadernos fossem requisitados pela médica.

Era muito dedicada e alguma vez, em meu desamparo, cheguei a pensar que era ela o messias que esperava. Mas não, não podia ser, eu esperava mais do que dedicação, do que afeição, do que carinho – já os tivera com Nina. Eu esperava alguém que, em seu comunismo solidário, se rebelasse contra a insensatez, como eu me rebelara, e tivesse a têmpera dos que não recuam. Eu tivera medo e recuara. E agora não esperava nada, nem messias nem coisa alguma. Já me contentava a atenção da enfermeirinha.

Já me contentava não ser tratado como bicho.

Antes de mim, quantos gritos não se haviam esfacelado nas paredes daquele quarto, quantos gemidos, quanta saudade, quanto sonho, quanta esperança. Eu era apenas outro hóspede sem rosto que se desesperara, como todos, e que depois, como todos, encasulara-se na indiferença e na abulia. Não me esquecera de meus companheiros, do camarada Spínkov ou do médico do instituto, tampouco de minha indignação, mas pensava nela e neles como quem se lembra de um sonho perverso ao despertar. Já transitavam noutro tempo, noutra dimensão.

Uma vaga emoção ainda pude sentir ao folhear meus cadernos. Quis ler o capítulo que deixara em andamento, a destruição de Urartu pelos citas, mas não o entendia, parecia ter sido escrito por uma pessoa mais ilustrada e mais inteligente, cujo raciocínio eu não era capaz de acompanhar.

Tinha mais disposição pela manhã, depois do banho e do café, e para me familiarizar com aquilo que, aparentemente, esquecera, comecei a copiar tudo de novo, a lápis. Não podia ter lâminas no quarto e se a ponta do lápis se exauria, tinha de chamar alguém para apontá-lo. E copiava. Esse exercício elementar exigia de mim um grande esforço físico e mental. Sobrevinha o sono irresistível e, quando a servente trazia o almoço, encontrava-me a dormir com a cabeça na mesa.

Da mesa para a cama, da cama para a mesa e às vezes parecia estar na cama e na mesa ao mesmo tempo: sonhava que escrevia, ou escrevia sonhando. E no sonho misturava tudo, cenas da última noite em Teishbani – flechas de fogo traçando um arco laranja no negrume do céu, animais enlouquecidos a disparar entre traves de ciprestes, derrubando homens e caldeirões ferventes – e lembranças de minha adolescência: minha mãe a deitar lençóis no coradouro, meu pai tomando café na caneca louçada, meus irmãozinhos a caminho do colégio, era de manhã e uma laranjeira parecia pulsar aos adejos e pipilos dos pardais.

Nina era um delírio à parte. Uma alucinação. Uma noite acreditei que ela estava no quarto. Via-lhe o vulto, o reflexo da lâmpada no ouro dos cabelos, ouvia-lhe a voz e sentia na pele a tepidez de sua confinidade. Chamei-a. E era Lara a me segurar da mão.

Quem é Nina, ela perguntou. *Niktó*, respondi. Não era ninguém. Nina também já pertencia a outro tempo, a outra dimensão.

Estávamos já em dezembro e a *glávni vratch* veio me avisar: a médica permitira que, das dez às onze, eu caminhasse no corredor. Esperou minha reação, eu nada disse e ela foi embora. O que significava aquela mudança? Que eu fora promovido? Que em meu novo posto estava autorizado a frequentar um outro círculo do Inferno? Que devia marchar com o batalhão? Às dez em ponto a enfermeira-chefe mandava abrir a porta. Eu não saía. Dizia-me a voz da razão que me exercitar no corredor seria um passo à frente para resistir, para não enlouquecer. Não era o que prometera a mim mesmo na madrugada em que, no alojamento, ouvira o galope das valquírias?

Era uma voz debilitada e eu não saía. Assim como estava, enlouquecendo lentamente, estava bem.

Em 1898, numa carta ao jornal *Daily Chronicle*, denunciava Oscar Wilde que, no sistema penitenciário inglês, a produção de insanidade podia não ser o objetivo, mas era, certamente, o único resultado. Eu poderia dizer o mesmo daquela ala do *Kremlovski Bolnitso*.

23
No corredor

Mais de semana se passara sem que me animasse a deixar o quarto. Ainda copiava o que escrevera, a cada dia menos – um dos efeitos da medicação era a constante sonolência. Outro, a progressiva analose. Um dia, quando a porta recém fora aberta, entrou no quarto um dos pacientes que eu vira a caminhar no corredor. Apresentou-se. Chamava-se Jaime Espaillat, dominicano, e tomara a liberdade de me procurar porque a enfermeira Lara lhe dissera que eu gostava de ler e escrever.

Homem já sessentão, com a voz anasalada, havia qualquer coisa nele – sua inflexão, ou talvez o manso olhar, ou a *nonchalance* do pijama desabotoado – que inspirava simpatia. E possuía uma qualidade que, nas circunstâncias, eu valorizava: não era brasileiro ou russo. Sua intenção, segundo disse, era ter com quem conversar. Propunha que caminhássemos juntos. Ah, sim, soubera que eu preferia não sair do quarto e nesse caso, com minha anuência, tornaria a me visitar.

Não me recordo de ter dito sim e estou quase certo de que não disse coisa alguma, mas no outro dia, quando despertei, lá estava ele sentado ao lado da cama, folheando um exemplar da revista *Life*. São quase onze, disse, perdemos a caminhada. E deixou a revista para eu ler, prometendo voltar na manhã seguinte.

Voltou.

Tanto argumentou, tanto insistiu que, para não contrariá-lo, aceitei caminhar. No corredor, abalaram-me as vertigens, um quase desgoverno das pernas e ele precisou me segurar. Apoiado em seu braço, pude andar até o fim do corredor, cuja última porta dava para um banheiro coletivo, e de lá retornar ao quarto. Os outros internos – os russos – acompanhavam nossos passos com uma insolente curiosidade.

Passei a caminhar diariamente com Jaime, sem que desse esforço resultassem melhoras. Fisicamente, piorava. E persistiam as alucinações, sobretudo após a caminhada, quando vinha alguém chavear a porta.

Aos poucos ia conhecendo meus colegas de infortúnio, que formavam dois grupos: os confinados, que se exercitavam das dez às onze, e os que podiam sair do quarto a qualquer hora, como Jaime e outros – se não os vira antes pela vigia era porque, à tarde, costumavam dormir, e à noite se reuniam para ver televisão.

Esse conhecimento não me ajudou a compreender em que sentido nos identificávamos ao ponto de estarmos juntos no hospital. Éramos uns vinte, talvez trinta, russos na maioria: um deles era claustrófobo, o estrábico Víktor, outro era alcoólatra, Gaidar, e um terceiro, Pavel, era epiléptico. E alguns estrangeiros: Jaime tratava de uma úlcera estomacal, Brian, um jornalista canadense, era cardiopata, e um jovem búlgaro, Vulko, aparentemente estava muito bem de saúde.

Se aquele corredor era a ala manicomial do *Kremlovski Bolnitso*, onde estavam os dementes? Eu me perguntava se dementes não seriam os médicos, que agrupavam pacientes de prontuários tão distintos.

Precavendo-me, mantive certa reserva em relação aos demais, exceto o dominicano, que era um bom companheiro. Tinha sido ministro no governo socialista do Presidente Juan Bosch, eleito em 1961 nas primeiras eleições livres da República Dominicana e deposto sete meses depois, num golpe militar. Jaime estava exilado e sofria com a úlcera.

Através dele vim a saber que, no corredor, havia um zunzum a propósito de meu livro "sobre a Armênia". Alguns achavam que era parte de minha loucura e se divertiam com isso. Achavam outros que eu era um *baltum* – charlatão –, e quem mais se inflamava quando o assunto vinha à tona era o russo Víktor, que conhecia a Armênia e dizia estar à espera de uma ocasião para me desmascarar. Não dei importância ao caso, já não dava para muitas outras coisas, mas me surpreendia que fizessem tais juízos, se não me conheciam e, durante semanas, nem meu rosto tinham visto.

Domingo era dia de visita.

Os internos eram reunidos diante do posto de enfermagem e a *glávni vratch* lia os nomes daqueles que seriam conduzidos a outro setor do hospital, onde familiares e amigos os esperavam. Jaime ia ao encontro da noiva russa. A mim ninguém me procurava e um enfermeiro me levava de volta ao quarto. Num dos domingos, contudo, recebi uma visita: a mulher que fora chamada para me cortar o cabelo. Enquanto ela fazia seu trabalho, perguntei se tinha um *ziérkalo* – espelho. Ela o segurou diante de meus olhos. Era a primeira vez que via meu rosto desde o início de novembro – um rosto emparedado em sua apatia – e poderia suplicar, como Baudelaire: *Ó Senhor, dá-me a força e a coragem / de contemplar meu corpo e meu coração sem desgosto!*

24

Os conspiradores

Em meados de dezembro fui promovido outra vez: minha porta deixou de ser chaveada e eu podia caminhar a qualquer hora, se quisesse. Ou, melhor dito, se pudesse. E só no corredor. Entre os internos que dispunham de maior liberdade, alguns também estavam autorizados a percorrer, uma hora por dia, as trilhas de um bosque atrás do pavilhão. Poucos saíam. Eu os via retornar com a *chápka* e os ombros cobertos de neve.

Com a porta finalmente aberta, a primeira visita que recebi não foi de meu parceiro de exercício, mas de Víktor, o estrábico, o claustrófobo. Ouvira falar que eu estava escrevendo um livro sobre a Armênia, era verdade? E perguntou se eu sabia quem era Merguelian. Não, eu não sabia. Mas como! Era incrível eu estar escrevendo tal livro e não conhecer o mais festejado matemático daquela república.

Eu poderia ter dito que não sabia muitas coisas sobre a Armênia do Novecentos: sua pergunta se equivocara em quase três mil anos.

Não disse nada.

Depois, sempre que me via passar pela porta de seu quarto – não era fechada nem à noite –, Víktor gritava: *Baltum*! E seu estrabismo se acentuava e parecia que os olhos iam rolar pelas encostas do nariz. Jaime recomendava que não reagisse. Por que reagiria, se nem sequer me sentia ofendido? Era como se Víktor injuriasse outra pessoa. Jaime também me aconselhou que evitasse as reuniões no recanto da televisão, pois ali os russos, açulados por Víktor, faziam chacotas a respeito do livro.

Havia naquela ala do hospital outro gênero de reunião, em que concorriam só os russos. Eram encontros no banheiro coletivo ao fim do corredor, coincidentes com as ausências da *glávni vratch*. Num domingo em que Jaime recebia visita, Gaidar, o alcoólatra, veio me buscar. Eu não queria ir, ele insistiu e, mais empurrando do que amparando, levou-me ao banheiro.

Eram sete ou oito russos, inclusive Víktor e Pavel, o epiléptico. Queriam saber como era a vida no Brasil, se as pessoas eram livres e tinham dinheiro, se o comércio era satisfatório em qualidade e quantidade. Queriam, em suma, que comparasse a vida social num país capitalista com aquilo que conhecia de um país socialista.

A que conclusões poderiam chegar aqueles infelizes, ocultos no banheiro de um hospital moscovita? Seriam eles os dementes? Os lunáticos subversivos? E pude compreender, afinal, por que estávamos juntos. Éramos os rebeldes. Aqueles que não se cingiam à consentida crítica de atos do governo e iam além. As "pessoas ruins", como o Partido induzia os jovens a pensar. Os enjeitados, como os filhos das meretrizes, na Índia. Aquelas pessoas que, necessariamente, deviam padecer de distúrbios mentais, porque discutiam o socialismo soviético.

O que poderia lhes dizer? Eu também não sabia a resposta.

Se num regime era bastante a oferta de bens de consumo e, para o comum das pessoas, escasseava o dinheiro, no outro o dinheiro era bastante para todos, mas, para quase todos, escasseava o que comprar. Se havia liberdade de pensamento e de crítica num deles, e ouvidos de menos para ouvir, no outro essa liberdade era graduada e com ouvidos demais para ouvir e denunciar. Desemprego era melhor ou pior do que emprego compulsório? E se num a cultura era apanágio das elites, no outro era acessível a todos, mas vigiada: na União Soviética ainda vigorava a proscrição das obras de Bukhárin, da música de Wagner, da poesia de Ievtuchenko, e nas artes plásticas privilegiava-se a mediocridade do "realismo socialista".

O Brasil, com a ditadura militar, não era termo de comparação.

Eu nutrira, até então, outras esperanças. Acreditara no socialismo e em seu futuro, o comunismo, e acreditara que sonhar com esse futuro, para um homem, era a vitória de sua própria humanidade, a ser praticada com a dignidade de um sacramento na construção de um bem coletivo. Mas isso não bastava. Era preciso que tal sistema, e tais homens que o construíssem, rendessem seu preito ao individualismo, isto é, a festa do indivíduo e não o seu velório, onde cada um fosse livre para escolher seu trabalho e trabalhasse para todos, mas que todos, com altruísmo, não viessem a exigir daquele um que fosse igual a eles e, ao contrário, aprendessem a estimar o que o fazia distinto. Um socialismo que redimisse a alma do homem, como sonhava Oscar Wilde, e isso eu não via na URSS. Ao contrário, o que eu via, e muito de perto, era a reificação da individualidade. Era o que estavam fazendo comigo.

O que poderia lhes dizer?

Naquele sonho de um mundo perfeito eu acreditava *antes*. Agora, já não cogitava de crer ou não crer e me consultar sobre sistemas políticos ou filosofias era o mesmo que perguntar a um homem se preferia o azul ao vermelho, enquanto ele despencava no abismo de uma catarata. Nada tinha a dizer e mais uma vez nada disse. E comecei a arrastar as pernas para fora do banheiro. Gaidar quis me reter, Víktor, muito exaltado, fez com que me soltasse: meu testemunho não contava, já se sabia que eu era um charlatão.

A meio caminho do quarto, percebi que não conseguiria alcançá-lo. Encostei-me na parede e, escorregando, pude me sentar no chão. Alguém gritou e acorreram as plantonistas. No banheiro, os conspiradores tinham ouvido o grito e, com dissimulação, começaram a sair. Ao passar por mim, olhavam-me com desprezo. Não podiam saber que eu estava tão perdido quanto eles. Ou mais. Eles não desistiam de se rebelar, mesmo num banheiro. Ainda estavam vivos. E eu? A mim me sugava a voragem do Nada, como Torquato Tasso confinado no mosteiro de Ferrara.

Para me confortar, ou me desculpar, lembrava-me de que minhas doses de Artan e Stelazin, por algum motivo, eram mais fortes do que as deles. Eles, ao menos, conseguiam manter-se em pé.

25

O homem chora

Nos últimos dias do ano a anorexia agravava minha fraqueza. Se deixava de comer no almoço, levavam a comida de volta. Na janta, a enfermeirinha substituía-se à servente e, com a bandeja no colo, alimentava-me como a uma criança. Ou a um mentecapto – era no que me transformava. Se Jaime, por qualquer motivo, não vinha me buscar, eu não saía do quarto e, com frequência, nem da cama. E abandonara o livro, por certo. Ler me cansava e, mesmo quando o conseguia, não me concentrava. Alguma razão teriam os russos: embusteiro eu não era, mas devia ser, sim, um presunçoso. Como me atrevia a escrever aquele livro, contando uma história que, até então, ninguém contara? Não conhecia o meu lugar?

Na véspera da passagem do ano, durante a noite, tive um terrível pesadelo. Do enredo, se é que teve algum, não me recordo, mas trago vivas na memória a sensação de esmagamento e a taquicardia com que despertei, pensando que logo ia morrer. Não chamei ninguém. Esperava, simplesmente – a vida, garantia Schopenhauer, era um negócio que não justificava o investimento. Mas o coração, pouco a pouco, foi sofrenando seu galope. Tive medo de adormecer e sonhar novamente e, sentado na cama, esperei os primeiros movimentos e ruídos que acordavam o corredor.

De manhã, uma novidade: Jaime falara com a *glávni vratch* e ela autorizara que, das dez às onze, eu caminhasse no bosque, desde que acompanhado por ele.

Vesti-me, ou, por outra, ele me vestiu – *chápka*, luvas, sobretudo, cachecol e sapatos forrados. Pôr um pé à frente do outro era algo que, nos primeiros passos, dir-se-ia uma façanha. Com 24 anos, precisava ser carregado por um homem de 60. Figuro nossa caminhada entre cômoros de neve, nas trilhas pisoteadas que cobrejavam souto adentro: são dois homens de braços dados, o primeiro a curvar-se, para arrastar o segundo que nele se pendura. Ele me estimulava, vamos, *m'hijo*, vamos. Era um pai conduzindo o filho doente.

À noite, na frente do posto de enfermagem, a mulherona comandou a comemoração do ano-novo.

Trouxeram tabuleiros de xadrez e os dispuseram em torno de uma mesa branca e sem toalha, onde havia um bule de chá, uma garrafa de conhaque e uma salva com empadas. Lara e outra enfermeira serviam o conhaque, em cálices diminutos, cuja capacidade não excedia a de um gole. Sentamo-nos a um dos tabuleiros, Jaime e eu. A enfermeirinha não se pejou de mostrar sua preferência: para Jaime, duas empadas. Para mim, três. Jaime perguntou, gracejando, se pretendia me namorar. Ele precisa comer mais, disse ela, corando.

E lá estávamos nós, de pijama azul, longe dos pais, das esposas, dos filhos, dos amigos, preitejando uma data que só servia para acirrar a solidão em que nos encontrávamos. Desde o início de novembro eu não tinha notícias do mundo e menos da família. Não vinha ninguém do instituto trazer as cartas que chegavam do Brasil através da França e da Bélgica, ou diretamente de Paris, de meu amigo Alcy Cheuiche, e Lara não conseguira que a médica as requisitasse: tinham vindo os cadernos e se viesse algo mais, os outros, de pleno direito, também exigiriam privilégios.

Dura lex, sed lex e que se danasse a higidez mental.

À meia-noite, a enfermeira-chefe brindou à saúde dos pacientes. Cá no tabuleiro, Jaime propôs outro brinde: ao futuro, ao dia em que, finalmente, estaríamos em casa, ao lado daqueles que nos amavam. Terminou dizendo que jamais nos esqueceríamos um do outro, porque passáramos juntos o dia mais triste de nossas vidas.

Eu me emocionei.

Viva – ele gritou, erguendo o cálice – o homem chora!

Eu não sabia que ainda era capaz de chorar. A emoção, contudo, era o desafogo de outros sentimentos. Como não me dera conta de que estava à minha frente, com o cálice no ar, o amigo que tanto buscara?

26
Meu amigo Jaime

Num dia de janeiro não pude sair da cama para o banho matinal. Alarmada, Lara chamou a médica, que me fez sentar e procedeu a um exame neurológico. Não era nada, constatou, e mandou a enfermeirinha me dar uma injeção. Quando ela voltou com a seringa e a ampola, Jaime a acompanhava. A médica pediu que se retirasse, ele reagiu: éramos *druziá* – amigos –, companheiros de partido, e queria saber o que estava ocorrendo. Era impressionante o efeito que causava entre os russos a menção do partido, conquanto se pudesse pensar que quem o invocava era um renegado. Eu não almoçara nos últimos dias – ela prontamente explicou –, estava debilitado e, por isso, não conseguia me levantar.

Consegue sim, disse Jaime.

Aproximou-se para ajudar, te levanta, *m'hijo*, e puxou minhas pernas para fora da cama. Agarrando-me à cabeceira, coloquei os pés no chão. Ele e Lara me vestiram. A médica perguntou se eu podia me movimentar.

Da, iá magú, eu disse – sim, eu posso.

A enfermeirinha, agitada, quis me amparar. *Nie nada*, disse Jaime – não é necessário. Abraçando-me pela cintura, levou-me ao corredor. A cada passo eu precisava empregar toda a energia de que era capaz e o movimento repercutia, dolorosamente, nos músculos do corpo. E seguimos – o elevador, outro corredor, o bosque. Ao pisar na neve fofa, reclamei: não dava mais, estava tonto e com náuseas. Vamos, *m'hijo*, vamos, insistiu ele. Mas o esforço fora demasiado. Ainda não déramos dez passos entre as árvores e meu corpo se arqueou numa golfada de vômito que era pura água.

Jaime me acomodou num banco de madeira e, em pé à minha frente, pediu que colocasse os sapatos sobre os dele, para que meus pés não congelassem. As árvores, os cômoros de neve, as trilhas, os bancos, tudo parecia rodar à minha volta. Ia vomitar de novo? Não havia o que vomitar e de minha garganta escapou um ruído áspero, metálico. E logo um soluço. Não, não, protestou Jaime, ninguém ia chorar outra vez, ninguém ia se entregar, fazia de conta que aquilo era um jogo e nós íamos vencê-lo.

Vamos derrotar esses fascistas filhos de uma égua, disse ele.

Ergueu meus pés para cima do banco, ajeitando-me de lado, e sentou-se atrás de mim, na mesma posição, de modo que ficamos ambos um de costas para outro. Eu continuava nauseado. Se fechava os olhos, já não era o mundo que girava, era a minha cabeça. Ouvia a voz de Jaime e, sem ver-lhe o rosto, tinha a impressão de que seu monólogo vinha de longe, muito longe, como um eco dele mesmo que agora retornasse aos meus ouvidos.

Não conseguia acompanhar seu raciocínio e só viria a entendê-lo mais tarde – muitos dias depois –, ao evocarmos a difícil manhã em que estávamos mutuamente escorados num banco de madeira, a muitos graus abaixo de zero. Não havia nenhuma complexidade em suas palavras, era a mente do ouvinte que não lograva abrir-se.

Crer no socialismo, era o que dizia, não significava crer nos russos, que em medicina eram uns fracassados. Depois de Pavlov e Metchnikov – isso no início do século, ainda ao tempo dos Romanov –, quantos russos, quantos soviéticos tinham ganho o Nobel de Medicina? Absolutamente nenhum. E Metchnikov não contava: mais do que ser russo, era judeu, e vinte anos antes fora trabalhar em Paris, a convite de Pasteur. Os psiquiatras da URSS ainda se abanavam com o leque da efêmera glória pavloviana, superada na década de trinta pela psicanálise. Além disso, Pavlov fizera jus àquele prêmio, não por suas experiências no campo da psicopatologia, mas por seus trabalhos sobre a digestão e a circulação do sangue.

E não era só.

A psiquiatria soviética, sobre ser caduca, era mal-intencionada. Ele estava tratando de uma úlcera, Brian, o canadense, de uma cardiopatia, mas todos, sem exceção, estavam ali e não em outro lugar porque, de algum modo, incomodavam o partido e precisavam ser tratados com as bolinhas da "inibição protetora". Que doença tinha eu, quando me internaram?

Nenhuma, eu disse.

E Vulko, o búlgaro? Esbanjava saúde e havia seis meses que o mantinham naquele corredor. E eu, quantos meses? Já iam fazer três. Quantos mais? O que eu devia fazer era o que ele e Brian tinham feito: parar de engolir aquela ninhada de ovinhos podres, aquelas *porquerías* que, todas as manhãs, traziam numa tijelinha. E parasse já: se continuasse, em breve não sairia mais da cama, encolhido no estupor de uma postura fetal. Imagina se teu pai, tua mãe, teus amigos, imagina se Nina te visse nesse estado. Que vergonha!

Isso eu entendi perfeitamente.

27
Mudanças

De manhã, quando trouxeram o café, ocultei os comprimidos e, mais tarde, entreguei-os a Jaime, para que não duvidasse de minha disposição. Não quis ir ao bosque, estava muito abatido. Nos outros e primeiros dias, esperava que a servente viesse recolher a bandeja e, descendo laboriosamente da cama – ainda não conseguia caminhar sem ajuda –, engatinhava até o banheiro e jogava as bolinhas coloridas no vaso sanitário. E a cada dia me sentia melhor. No fim do mês já me levantava sozinho e sozinho tomava meu banho, embora a enfermeirinha sempre viesse conferir se de fato o tomava.

Uma noite, abri a revista que Jaime me emprestara. Li até de madrugada e, quando Lara me acordou para o banho, protestei, queria dormir. Para gracejar, ela fingiu que me carregaria no colo. Pôs a mão sob meu pescoço e me ergueu, puxando-me a cabeça contra o peito. Em meu rosto, a pressão de seu pequeno seio e logo, em meu corpo, a sensação do desejo. Há quanto tempo eu não desejava uma mulher? Meu sexo adormecera, não existia senão como duto das substâncias que os rins segregavam. Agora despertava de sua hibernação e a enfermeirinha me soltou, as faces tintas de rubor.

Depois, quando fui caminhar, Jaime me chamou a atenção para algo que eu não percebera: era ele que se pendurava em meu braço.

Eu retornava ao mundo dos vivos.

Passeava naquele bosque tão bonito – portentosas bétulas de grossos troncos branquicentos, de sua casca extraía-se o alcatrão que dava ao couro da Rússia um odor singular. Alimentava-me a contento, arrumava o quarto antes que a servente o fizesse e retomara meu trabalho sobre o reino de Urartu. E a enfermeirinha? Já não via apenas sua dedicação, via também que, sem ser bela como a maioria das russas de sua idade, tinha certo encanto. E tomava liberdades com ela. Se no início se assustara, depois consentiu, mas de um modo estranho, como conformado.

Recuperando-me, era inevitável que retornassem inquietações anteriores àqueles meses no limbo. Que retornassem algumas perguntas.

Nina se recobrara de sua decepção? Deveria procurá-la quando deixasse o hospital? E para quê, perguntava-me. Para compartilharmos novo sofrimento? Para um recomeço de tanta saudade? Não, não a procuraria. Mas não me proibia de sonhar. Sonhava que entrava na *Úlitsa Krásnaia Armênskaia* e lá estava ela em seu portão, tão feminina, tão meiga, tão gentil. Qual seria sua expressão quando me visse? E ao figurar-lhe o rosto, vinha-me à memória aquele amargo entardecer no *Dinâmo*, sua perplexidade assustada e o olhar a me procurar dentro do ônibus. *Iá baiús*, ela dissera – eu tenho medo. Do que tivera medo? O que ela queria dizer com aquilo? Perguntas que, se não tornasse a falar com ela, ficariam sem respostas.

Preocupavam-me também a volta ao alojamento e, mais ainda, a volta ao Brasil. Não sabia quantos companheiros teriam viajado naqueles três meses ou se ainda encontraria algum em Moscou.

Entre as antigas preocupações, uma recente, rasteira, vil, imediata: Víktor, o estrábico, o claustrófobo, continuava a me insultar. Na medida que reconhecia naquele Eu ressurreto o Eu de sempre, tornava-me mais suscetível às humilhações. Jaime pedia que me esquecesse, não me exaltasse, o objetivo, agora, era deixar o hospital, mas eu teimava em me aborrecer e em dizer coisas horríveis como "vou matar aquele vesgo".

Antes de me deitar, costumava ir ao posto para conversar com Lara e ali me encontrava quando um enfermeiro veio buscar a chave do banheiro coletivo, que a *glávni vratch* mandara fechar. Eu estava debruçado no balcão e o vi retirá-la de um painel. Mais tarde, num momento em que ambos se ausentaram do posto, apanhei uma das chaves. Confiava em que ninguém daria pela falta. E ninguém deu, não eram usadas senão nos casos de pacientes confinados. E já não havia nenhum.

Na outra noite, quando já sossegava o trânsito no corredor, passei pelo quarto de Víktor. Ele estava a ler na cama. E passei de novo e mais uma vez e outra mais, até constatar que, por fim, entrara no banheiro. Era o que esperava. Introduzi a chave na fechadura, ia trancar sua porta e me afastar para ouvir-lhe os urros de fera em agonia – assim ele reagira na ocasião em que, por descuido, uma enfermeira encostara a porta. Minha mão, no entanto, parecia opor-se, e foi ela, não eu, quem retirou a chave, coibindo a maldade.

Droga, disse comigo.

Víktor saiu do banheiro e me viu. Por momentos nos olhamos e seu olhar de pálpebras contraídas era um misto de interrogação e medo. Não de mim, mas de algo que, em sua desconfiança, ele associava à minha pessoa. *Serguei*, murmurou, como se meu nome equivalesse a outras palavras que não podia pronunciar. Perguntei se estava passando bem. Sim, disse ele, com uma súbita alegria, *kharashó, ótchien kharashó*. Aproximando-se, pôs a mão no meu ombro. Repetia: *Serguei, Serguei*. E que bom que o procurara para conversar: aquelas coisas que costumava dizer não eram sérias e devia levá-las *za shútki* – na brincadeira.

Kaniezhna, eu disse – Claro.

28

Contra a obediência

Acostumava-me ao dia a dia no hospital. Sem os medicamentos, e exceto por estar ali contra a vontade, assemelhava-se àquele que, provavelmente, teria na *dátcha*. Não podia sair à rua, mas, naquela altura, que faria na rua? Por algum motivo já não me interessava conhecer Moscou mais a fundo, por algum motivo, aos meus olhos, aquela estupenda cidade já perdera a graça. Interessava-me, sim, deixar o hospital e voltar ao Brasil. Enquanto isso não acontecia, ia tocando a vida, como se estivesse na *dátcha*. "O costume nos reconcilia com tudo", escreveu, no século XVIII, o irlandês Edmund Burke.

Certas restrições, no entanto, ainda me agastavam, e uma delas era não poder fazer eu mesmo a minha barba. Lara a fazia, no último encargo de seu turno, mas aquilo que, pela brandura das mãos dela, deveria ser um momento de deleite, não o era, por subentender que eu era incapaz de me cuidar sozinho.

Pedi ao dominicano que falasse com a enfermeira-chefe e ela veio ao meu quarto. Como me sentia? Bem, eu disse. Estava tomando os comprimidos? Certamente e você não vê que *iá uzhé visdoravlivaiu* – já estou melhorando? Ela retirou do bolso do jaleco o aparelho e o pincel e os colocou sobre a mesa – o sabão era o mesmo do banho. Por enquanto era uma experiência: eu podia me barbear sozinho, mas na hora de fazê-lo tinha de chamar a plantonista – uma exigência da médica.

Também mandou instalar o assento do vaso sanitário.

Em minha primeira barba tive a companhia da enfermeirinha, que apenas sentou-se à mesa e ali ficou, folheando a *Life*. Na segunda e na terceira, que fiz à tarde, a assistente era outra, uma velhota assustadiça, e a cada movimento do aparelho ela se retesava, como aprontando-se para me alcançar de um salto. Fiz um gesto, o dedo atravessado no pescoço. Era uma pergunta: estava receosa de que eu cortasse a garganta? Ou não foi um gesto muito claro, ou foi claro demais num sentido distinto daquele que eu queria dar: a criatura disparou porta afora. Na mesma tarde, enquanto eu cavaqueava com Jaime em seu quarto, o aparelho foi recolhido.

Um episódio irrisório, decerto, mas aceitá-lo implicava reconhecer minha *capitis diminutio* e dar um passo atrás na frágil normalidade que conquistara, dir-se-ia uma volta ao começo e à submissão, como em meus primeiros dias de horror naquele hospital.

Depois de tentar, inutilmente, recuperar o aparelho no posto de enfermagem, procurei a *glávni vratch* e disse-lhe que, enquanto não retornasse ao meu quarto aquilo que dali tinham tirado – também dera falta da escova de dentes, do lápis, do pente e até do assento da privada –, eu não comeria. Diante do espanto da mulherona, que não chegara a entender completamente o que eu queria dizer, acrescentei: *Galódnaia zabastóvka* – greve de fome, expressão que eu não conhecia, mas que tivera o cuidado de aprender com Jaime antes de ir falar com ela.

Tinha consciência de que protestar com o estômago era um absurdo, mas também me compenetrava de que em alguns lugares, para que você sobreviva, é preciso que faça coisas absurdas. E é bom que as faça antes que as façam com você.

As bandejas eu recusava, mas o dominicano, às escondidas, trazia-me uma fruta, um doce ou parte de sua comida. Era uma greve que, se prolongada, não enganaria ninguém.

Foi curta.

Por dois dias forcejamos num cabo de guerra, a mulherona e eu: ela com suas intimidações, eu com meu falso faquirismo. No terceiro, a médica mandou instalar o soro ao lado da cama. Não permiti que a plantonista me tomasse a veia e pouco depois o aparelho, a escova, o lápis, o pente e o assento voltaram ao lugar de onde não deveriam ter saído.

Aquilo me soube a um triunfo.

A enfermeira-chefe desconfiou: eu estaria, realmente, tomando os comprimidos?

A servente começou a me vigiar. Eu os colocava na boca e fingia engoli-los, bebia o café e recusava o pão para não ter de mastigar. Dissolviam-se parcialmente as bolinhas coloridas, deixando-me um gosto azedo na boca. Quando a mulher se retirava, eu as cuspia na mão e ia lançá-las na privada. Também as escondia no bolso do sobretudo, desfazendo-me delas durante o passeio ao ar livre.

Minha convalescença, do ponto de vista *deles*, era atípica, e a médica, concluindo que, de algum modo, eu frustrava o tratamento, fez uma tentativa de ministrar as drogas por via intravenosa. Outra vez neguei o braço e agora eles não podiam me fazer dormir, como nos primeiros dias de novembro, agora eu não estava só e sempre era um risco afrontar quem me protegia e, renegado ou não, era um figurão do partido que fora ministro em seu país. E ganhei outra vez. Era bom saber que podia resistir. A normalidade fora quebrada, mas noutro sentido: eu estava novamente em pé. Era bom saber que eu era gente outra vez.

A alternativa encontrada pela médica foi uma transferência de responsabilidade. Em fevereiro viria ao hospital um *spetsialist*, um catedrático, para conferências médicas. Ele decidiria o que fazer comigo.

29
Cem dias

Na apatia das drogas, eu não notara a beleza do bosque de bétulas e custara a perceber o afeto de Jaime. Também não notara o que ocorria à enfermeirinha. Com a sensibilidade recobrada, ao mesmo tempo em que me surpreendia com sua docilidade ao meu assédio, estranhava-lhe as reações, deixando-se tocar como quem se rende a uma fatalidade.

Na manhã da entrevista com o catedrático, tagarelando à minha volta, ela teimou em me fazer a barba e me pentear. Ou foram as mãos, ou foi o olhar, o corpo que encostava ao meu ou tudo isso e outros indícios que agora me lembravam – só então pude reconhecer seus sentimentos: iam muito além daqueles que, em regra, votam as enfermeiras aos pacientes. E era com a resignação de quem quer bem, de quem perdoa, que consentia intimidades em seu local de trabalho. Eu estava comovido. Que pena não ter como retribuir. Que pena só poder lhe oferecer minha gratidão. E prometi a mim mesmo que não mais a submeteria àqueles arrancos de mera sensualidade.

O catedrático me aguardava numa sala do andar inferior, acompanhado de Tamara e duas dezenas de jovens, estudantes de Medicina e, por certo, seus alunos, que se acotovelavam ao redor da mesa. A consulta parecia ser parte de uma aula, a versar a *avis rara* de pijama e chinelos que era eu. Ele perguntou em que idioma desejava me comunicar. Russo? Alemão? Francês? Inglês? Espanhol? Porque falava oito línguas e, se eu dominasse uma delas, poderíamos dispensar os serviços da intérprete.

Português, eu disse.

Por que ostentava seus dotes num momento constrangedor para o paciente? E aqueles olhares todos fixos em mim, o que esperavam? Que desse cambalhotas?

Ele quis saber como me sentia e minha resposta foi excessivamente sincera: como o macaco no zoológico. Tamara se negou a traduzir. Insisti: *Perievaditie* – traduza. Sim, traduza, ordenou o médico, e ela o fez. Ele sorriu e olhou em volta, como lembrando os alunos de tal ou qual lição, e embora – tornou – já tivesse ouvido um relato sobre minha internação, gostaria que eu pessoalmente a descrevesse.

Aquele homem desprovido de tato não me inspirava confiança, mas eu não podia malbaratar a ocasião de me entender com quem ia decidir meu futuro. Contei minha história, que culminava com a aleivosa promessa de umas férias no campo. Fui internado por um economista, eu disse, referindo-me ao camarada Spínkov. E nada escondi: o tratamento ia me levando à demência e eu estava a conversar normalmente com ele porque, desde janeiro, não tomava os remédios. Ele se surpreendeu. Como? Não tomava os remédios? Não, jogava-os na privada. E isso era tudo.

Quando Tamara terminou de traduzir, ele deu uma gargalhada. Apontou-me o dedo, teatral, e disse: *Damói*.

"Damói", em russo, quer dizer "para casa".

Eu estava livre? Assim? Com tal facilidade? Mais tarde vim a saber que minha alta fora previamente decidida. E tive de revisar alguns conceitos sobre meu libertador, que podia ter suas esquisitices, mas era um homem independente e corajoso. Antes da consulta, Tamara lhe relatara o que havia testemunhado na sala do camarada Spínkov e no serviço médico do instituto, e ele considerara aqueles procedimentos um indesculpável arbítrio.

No dia seguinte, cedo ainda, Lara trouxe uma caixa de papelão com minha roupa e meus escassos pertences: a carteira, o maço de cigarros e uma caixa de fósforos. Enquanto eu me vestia, ela me olhava, sentada na cama. Esperava que eu dissesse algo e não quis decepcioná-la. Queria me ver? Então ia levá-la para jantar, na noite de sua folga. Ela escreveu num papel onde poderia encontrá-la.

Fui ao quarto de Jaime: o difícil adeus a quem tanto me ajudara. Recomendou-me cautela no trato com meus companheiros. Que freasse meus impulsos – *Look before you leap*, diziam os ingleses –, tivesse presente que, fora do hospital, meu objetivo era um só: retornar ao Brasil. Deu-me o endereço da família em Santo Domingo e anotou o da casa de meus pais, em Alegrete. Vamos nos escrever, eu disse, em meio a um emocionado abraço, vamos alimentar essa amizade, quem sabe, um dia, a gente volta a se encontrar.

A *glávni vratch* me acompanhou até a porta do setor, entregando um documento a um funcionário. Despediu-se de mim com um vigoroso aperto de mão. Venha nos visitar, pediu. Olhei para ela, pensando no que deveria dizer, mas não disse nada. Cumpri as formalidades da alta na portaria. No pátio, um automóvel à minha espera. Antes de embarcar, acendi um cigarro de cem dias, que me soube a naftalina.

30

Avenida Leningrado

Na madrugada em que eu fora conduzido ao hospital, não me ocorrera fechar a porta do quarto e deixar a chave com alguém que zelasse por ele. Durante minha ausência, ela permanecera aberta para quem quisesse entrar. Quem teria entrado? Eu não podia saber, mas quem o fizera se apossara da maior parte de minhas roupas. Não lhe escapara o paletó que me recusara a vender na Armênia e tampouco a gabardina três-quartos que eu comprara do italianinho coxo de Reggio nell'Emilia: em outro corpo, talvez deixasse de ser um símbolo da ostentação burguesa.

Tive ímpetos de juntar o que sobrara e atirar no corredor. Peguem o resto! Refestelem-se com as migalhas! Era o que faria, *antes*. Agora não. *Look before you leap*, dissera Jaime, e Jaime era um sábio. Tratei de seguir seu conselho. Depois de sobreviver ao hospital, ponderava, não era razoável me preocupar com o que podia ser substituído. E lutava comigo mesmo para sufocar a mágoa de perder até o colar de âmbar que comprara no GUM, para dar de presente à minha mãe.

A maioria de meus companheiros já viajara e seus quartos estavam ocupados por estudantes de diversas nacionalidades, que chegavam para o início do semestre letivo. Permaneciam no alojamento seis ou sete gatos pingados, entre eles o Líder, que veio me felicitar pelo retorno.

Fez um pequeno discurso.

Por motivos que não vinham ao caso, consequentes, quem sabe, às mudanças políticas no Brasil, eu me desencaminhara, obrigando-o, e ao camarada Spínkov, a uma providência que os mortificara. Eram águas passadas. Tinha certeza de que, no hospital, eu fora bem-tratado e me recuperara.

Ele falava, eu concordava, sim, tinham sido profícuos aqueles cem dias, apaziguando-me. Eu era outro! E se, no começo, surpreendera-me a troca da *dátcha* pelo hospital, depois percebera que o desígnio era meu bem-estar. Em suma, estava agradecido pelo que ele e o camarada Spínkov tinham feito, sabia-se lá com quantas dúvidas na consciência.

Te devo essa, eu disse.

De algum modo, ele temia nosso reencontro, pois ao me ver tão cordato e penhorado, alegrou-se mais do que devia, suas feições de *cholo* inca se espremeram na careta de um sorriso e fez questão de me dar um abraço de boas-vindas. Pobre homem, dizia comigo, nem lhe passa pela cabeça o mal que me fez.

Vais voltar logo para casa, tornou.

E me convidou para acompanhá-lo numa visita de solidariedade a uma brasileira, Olga Saldanha, esposa do dirigente comunista gaúcho Ari Saldanha, que estava internada num hospital de Moscou. Seria um sarcasmo, já que a mim ninguém me visitara? Era a sério. E prometi ir com ele, embora não conhecesse o casal.

Naquele mesmo dia, antes do meio-dia, lá estava eu, uma vez mais, no canteiro central da Avenida Leningrado, esquina com a Rua Armênia Vermelha, disposto a tornar real o sonho que sonhava no hospital. Que importava que logo ia embora? Que importava sofrer e fazer sofrer de novo? Uma palavra só que me dissesse, um sorriso, um olhar, um gesto de carinho, já bastaria – quando menos! – para apagar de minha memória o doloroso rosto de criança que me estarrecera na calçada do *Dinâmo*.

E a vi sair de casa, fechar o portão e vir caminhando apressadamente na minha direção. Olhava em frente, como se me visse na boca da rua. Com o movimento de carros e pedestres, era impossível, e mesmo assim estremeci. Imóvel, esperei que chegasse à esquina. E chegou, dobrou-a e seguiu pela calçada da avenida. Se pretendia falar com ela, era agora.

Era agora, mas não me movi.

Não me movi e lá se ia, com seus passinhos curtos, os cabelos dourados balançando sobre a gola de pele do casacão, a ninfa russa Nina Aleksandróvna Lavriêntieva, sem saber que, pouco antes das doze horas daquele dia gelado de fevereiro de 65, a poucos metros de distância, o homem que a amara se despedia dela para sempre.

31
Lara

Receava encontrar no alojamento a mesma e opressiva atmosfera do ano anterior. Enganava-me. Já não havia reuniões e o cotidiano dos companheiros remanescentes não era muito distinto daquele que tivera eu antes da internação e fora tão censurado.

O controle se fartara, devorando-me.

Passeavam, iam ao cinema, namoravam, um deles, casado no Brasil, vivia com uma russa, que estava grávida, outro, um paulista quarentão, também casado, saía com Tamara, e um terceiro queria levar para o Brasil uma bielo-russa, ex-mulher do canadense Brian, meu parceiro de hospital. Viviam, afinal. O socialismo, agora, era compatível com a rumba. E agora ninguém reclamava, ninguém os acusava de "depravar" as mulheres do país ou malversar com turismo o dinheiro do povo soviético. Agora eles se pareciam um pouco comigo e decerto era por isso que até vestiam minhas roupas.

Num sábado à tardinha fui ao apartamento de Lara, na periferia, trajeto de quase uma hora de metrô, por causa das baldeações. Era um prédio antigo de seis andares e sem elevador. Quase não a reconheci, era a primeira vez que a via em traje de passeio. Morava com o irmão, um rapaz de 18 anos que me cumprimentou sem me olhar e pouco depois saiu com a bolsa a tiracolo, sem se despedir. Vestia uma japona de couro e sua arrogância lembrava-me a dos garotos do Parque Gorki.

O pai era falecido. A mãe casara-se novamente.

Lara, com orgulho, mostrou-me o apartamento: quarto com beliche, banheiro apertado, uma saleta dir-se-ia de brinquedo e a cozinha conjugada à lavanderia, onde se precisava passar de lado entre o fogão e o tanque. Na cômoda da saleta, espremida entre duas poltronas, pequenos bibelôs com zelo distribuídos: um cofrezinho prateado, uma bailarina de vidro, um gatinho de veludo, bonequinhas e um diminuto porta-retrato onde a via ainda criança, no colo do pai. Na parede atrás da cômoda, uma bucólica estampa que reproduzia a morte de Ofélia.

Iniciamos um diálogo penoso e não só pela deficiência de meu vocabulário: se era a primeira vez que a via sem touca e jaleco, também era a primeira vez que ela me via sem pijama e chinelos. Era como se recém nos conhecêssemos: não tínhamos nada em comum, exceto nossas recordações de algo que já terminara.

Ela propôs que víssemos um filme antes da janta, uma surpresa que queria me dar. Fomos ao cinema do bairro: levava *O pagador de promessas*, de Anselmo

Duarte (1962), glória recente do cinema brasileiro, ganhador da *Palma de Ouro* em Cannes e de outras distinções importantes, como a indicação para o *Oscar* de Melhor Filme Estrangeiro em 1963. Na URSS tomara o nome de *Obiet* – voto, promessa. Eu não vira o filme no Brasil e tive uma decepção: era dublado. Não o entendi. E que tortura ver os atores brasileiros a pronunciar palavras cheias de esses e erres e cás, imagine, a Glória Menezes, tão bela, falando como a *glávni vratch*. E logo aos meus ouvidos, que durante três meses não tinham sido brindados com uma só palavra em português.

Lara insistiu em voltar ao apartamento. Pensei que se aborrecera com meus comentários no cinema e desistira da janta, mas, à porta do edifício, convidou-me para subir novamente: íamos comer em casa. Ela comprara uma garrafa de vinho da Geórgia e fizera sanduíches de mortadela com pepino, aos quais acrescentou ovos quentes. Comemos, conversamos quanto possível, e mantinha-se invicta, entre nós, uma distância quase cerimoniosa.

Eu já cumprira o que prometera.

Já lhe agradecera a dedicação no *Kremlovski Bolnitso*, já me desculpara por alguns excessos que cometera e agora ia embora. Levantei-me. Ela me olhou, como assustada, e quando lhe ofereci a mão para me despedir, não a soltou. E a mão dela estava molhada de suor. Falando baixo, como se eu não precisasse ouvir, disse que ia estar sozinha, que o irmão passava o fim de semana com amigos, e pediu para eu ficar.

Quanto receio de ofender, quanta humildade naquele pedido e eu a olhava, imaginando-lhe o dia a dia sem pai, sem mãe, com um irmão que a deixava só e parecia ser aquilo que, na época, chamava-se "juventude transviada", imaginando-lhe as longas noites no hospital, assistindo pessoas doentes e revoltadas, imaginando-lhe os dias solitários de moça que não era bonita, com seios pequeninos, pernas magrinhas e unhas sem vaidade. Olhava-a, ela também me olhava e ali estava o seu encanto – se outros não tivesse –, os olhos mansos de cordeirinha, que só olhavam cheios de cuidados, pobrezinha, dizia comigo, o que me custava ficar? O que me custava dar um pouco de carinho a quem parecia suplicá-lo e tanto o merecia?

Kharashó, eu disse – Está bem.

32
Preparativos de viagem

Acompanhei o Líder na visita a Olga Saldanha, que perdera a visão. Na volta, desembarquei na estação central do metrô. Ia percorrer mais uma vez os caminhos do Kremlin e da Praça Vermelha, para que um dia, no Brasil, soubesse descrevê-los. "As viagens só começam depois que a gente volta", diz uma personagem de Juan José Morosoli.

Incursões pela cidade já não me empolgavam – o hoje de Moscou, para mim, já era ontem – e meu único anseio era viajar, mas ao cruzar pelo Mausoléu de Lênin... ah, quantas figuras lendárias eu vira na sacada daquele mausoléu, no ano anterior: Kruschov, Kossíguin, Brezhnev, Fidel Castro no auge da notoriedade universal, o primeiro presidente da Argélia Ahmed Ben Bella, os cosmonautas German Titov, Andrian Nikolaiev, Pavel Popovich, Valery Bikovski, Vladimir Komarov e a primeira mulher a voar numa cápsula espacial, Valentina Tereshkova, além do célebre Iuri Gagárin, que em 12 de abril de 1961 inaugurara as viagens espaciais tripuladas. E me deixei embalar numa precoce nostalgia.

De volta ao alojamento, um sentimento me torturava. Decorrida uma semana ou mais de minha alta, visitara Olga Saldanha num hospital moscovita, visitara o Kremlin e a Praça Vermelha, estivera no GUM fazendo compras e, no entanto, não fora ao *Kremlovski Bolnitso* rever Jaime. Não era por falta de vontade. Custava-me regressar àquele pavilhão, receava que, entrando outra vez, não me deixassem sair. Uma fantasia, por certo, mas tanto adiei a visita que se tornou impossível. À noite, um funcionário do instituto veio me buscar e pressenti que havia chegado a minha vez de "desaparecer".

À porta do alojamento, um automóvel, e comigo embarcaram outros dois companheiros, Justino e Paulo César.

Esperava-nos no saguão do instituto o camarada Spínkov, que nos conduziu à tesouraria, onde recebemos um envelope com 4.500 dólares. Depois, ao seu gabinete, onde estavam o Líder e dois outros homens, que se apresentaram como funcionários do Comitê Central do PCUS. Um deles, falando espanhol, anunciou que partiríamos na manhã seguinte. Trazia nossos passaportes, as passagens Moscou-Praga e Praga-Paris – em bilhetes separados – e três folhas idênticas, escritas num português cheio de erros. A cada um de nós foi entregue uma das folhas, para memorizar o conteúdo e rasgar. Era o roteiro, que passou a explicitar – isso após frisar que Justino era o líder, cabendo-lhe a guarda e o controle do dinheiro.

Primeiramente, chamou nossa atenção para três telefones, um em Paris, outro em Buenos Aires e um terceiro em Montevidéu, cujos números urgia decorar. Nossos passaportes, continuou, tinham sido "adaptados" ao roteiro: indicavam uma estada de apenas sete dias na URSS, outra de dez meses na Itália e outra ainda de três meses na Áustria, que era, para todos os efeitos, *onde estávamos agora*.

Em Praga, a espera pelo dia X, isto é, a data lançada no passaporte como a de saída da Áustria. Nesse dia, o embarque no avião que fazia o trajeto Viena-Praga-Paris, como se tivéssemos partido não de Praga, mas da capital da Áustria. Na chegada em Orly – porque constava aquela semana na URSS, era para lá que tinham sido tiradas as passagens no Rio de Janeiro –, talvez fôssemos interrogados pela Interpol. Uma possível pergunta: por que fôramos a Praga, ao invés de preferir o voo direto de Viena a Paris? Resposta: não conseguíramos trabalho regular na Áustria e pretendíamos tentar a sorte na Tchecoslováquia. E por que não permanecêramos em Praga? Resposta: a polícia nos detivera no aeroporto, por ser do conhecimento das autoridades locais que, em Viena, participáramos de manifestações anticomunistas. Para comprovar, três documentos – que agora nos passava às mãos – expedidos pela polícia tcheca. Eram as notificações de expulsão do país.

Sabíamos que o roteiro, minuciosamente organizado, não era isento de riscos, sabíamos que implicava adulterações e documentos falsos. Mas uma coisa é saber, como quem sabe que nuvens negras são prenúncio de mau tempo, outra muito diferente é ter de abrir a porta e se expor ao temporal. Aquilo parecia um concurso de obstáculos. Ou um filme inquietante, do qual, infortunadamente, éramos os protagonistas.

Em Paris, dois ou três dias: era necessário o visto de entrada na Argentina, a ser obtido na embaixada. Hospedagem no Hotel Washington, na Rua de Washington, uma travessa do Champs-Elysées, onde as acomodações estavam reservadas.

Justino perguntou se, na França, havia alguém para nos assistir. Sim, mas só em caso de absoluta necessidade. Era o primeiro telefone indicado no papel, pertencente a um companheiro do Partido Comunista Francês. A senha, o primeiro verso da sexta estrofe da Marselhesa: *Amour sacré de la patrie*. Justino, que passara dos sessenta anos e cuja biografia relacionava inúmeras prisões, estava calmo, atento. Paulo César, mais moço e menos calejado nos embates sombrios da clandestinidade, parecia ausente, remetendo os sentimentos às mãos, que esfregava uma na outra. E eu? Medo eu não tinha. Assombrava-me: como era difícil voltar para casa.

De Paris a Buenos Aires. No Aeroporto de Ezeiza, telefonássemos para o segundo número, identificando-nos como os amigos que vinham de Viena. Um companheiro argentino viria nos buscar, levando-nos ao porto para a travessia do Rio da Prata.

Em Montevidéu, hospedagem no Hotel Alhambra e chamássemos o terceiro número, usando a mesma senha. Viria ao nosso encontro um brasileiro exilado, que fora presidente do sindicato dos ferroviários da Leopoldina Railway. Ele nos levaria de automóvel a Rivera. Em Santana do Livramento, hospedagem no Hotel Parque, na avenida que dividia os dois países, pertencente a um simpatizante do partido, e a ele daríamos uma senha: *Viemos buscar os couros de Livramento*. Os passaportes seriam recolhidos por Justino, que os queimaria.

De Santana, iríamos de ônibus a Porto Alegre, e era imprescindível que procurássemos na rua tal, número tal, alguém que se chamava Dante Guarighia, valendo-nos de uma senha parecida: *Viemos entregar os couros de Livramento*. Era o sinal para que o PCB comunicasse ao PCUS o final feliz da viagem. Daí em diante, cada um por sua conta.

Naquela noite não dormi. Com a porta trancada – não devia conversar com ninguém – e numa agitação febril que mais me atrasava do que apressava, pude memorizar o roteiro, as senhas, os telefones e, por fim, arrumar as malas. E se algo desse errado, eu me perguntava, o que aconteceria conosco? Antes do amanhecer, por cautela, escrevi num cartão, para colocar dentro da meia, os três números que precisávamos saber de cor.

33
A longa volta para casa

Levava duas malas pequenas, uma com a roupa que sobrara e minha *chápka*, na outra uma coleção de discos de música folclórica russa, alguns livros, meu manuscrito sobre Urartu[14] e lembranças para a família, entre elas um novo colar de âmbar. Quando o Tupolev da *Aeroflot* começou a subir e avistei os brancos arredores da cidade – era época do degelo –, escondi o rosto contra o vidro da janela para que não percebessem meu incontido sentimento. Era a hora do adeus. Uma longa estação da minha vida começava a retroceder para a zona de clamoroso silêncio que chamamos passado.

Precisava, agora, ser capaz de desenlear os fios desse ontem para tecer meu amanhã. Essa capacidade, no entanto, eu ainda não possuía, e voava comigo a metáfora de minha incompreensão: olhando para baixo,

---
14. O livro foi publicado em 1978 pela Editora da Universidade Federal do Rio Grande do Sul.

nada via senão uma camada branquicenta de nuvens, atrás da qual se escondiam todos os lugares de meu contentamento e meus flagelos, todas as experiências que tinham feito vibrar, em tom grave e profundo, a última corda de minha humanidade. Mas algo eu sabia. O moço de 23 anos que partira de Blumenau já não existia. Faltava saber o que restara dele para ser depositado, como oferenda, aos pés de algum futuro.

Na Tchecoslováquia, outra vez no Hotel Praga, com Justino e Paulo César, e agora a proibição de deixar as dependências do hotel é um preceito da segurança. São sete ou oito dias de muita ansiedade e pouco sono, esperando o embarque no avião que vem de Viena. O inverno ainda não viajou para o sul do mundo e da janela do quarto vejo na calçada oposta os transeuntes, com pesados abrigos, desviando-se dos montículos de gelo. Como na viagem de ida, é só o que vejo: Justino pede que me afaste da vidraça. Para todos os efeitos, adverte, não estamos em Praga, e quem garante que o hotel, privativo do partido, não é vigiado por agentes das polícias ocidentais? Quase sufoco na ânsia de sair à rua, atravessar a Ponte Carlos, ver as igrejas da Cidade Velha, mas não reclamo.

Diria Jaime: o objetivo, agora, é Paris.

***

E em Paris, felizmente, desembarcamos sem percalços. Ninguém nos interroga. Compramos as passagens para Buenos Aires e, no trajeto para o Hotel Washington, de táxi, Justino rasga os documentos que nos expulsam da Tchecoslováquia. Temos uma pequena dissensão, achava eu que convinha guardá-los até o embarque para a Argentina, três dias depois.

No hotel, outro desentendimento. Justino não quer que eu procure meu amigo Alcy Cheuiche: se porventura ele revelar a amigos franceses que estamos voltando da Rússia, sempre pode acontecer que alguém nos denuncie à Interpol. Discutimos, como pode julgar as pessoas sem conhecê-las? Ele quer saber, então, quem é Cheuiche. Meu conterrâneo, explico, meu colega de bancos escolares do Jardim da Infância ao Curso Ginasial, graças ao seu desvelo pude me comunicar com minha família após o Golpe. Justino acaba concordando, desde que eu adie o encontro por 24 horas, encurtando o tempo para que eventuais indiscrições se difundam. Aceito a condição, embora a considere um disparate. Sem o aval do companheiro, que não libera um cêntimo de nossos dólares, não posso dar um passo.

No outro dia, uma breve caminhada pelo Champs-Elysées, o lanche num café da grande avenida e toca a recolher, nada de passeios. À tarde, telefono para Cheuiche. Pouco depois ele aparece, a bordo de seu *Dauphine*. Em sua expansiva alegria, não nota o quanto me emociona vê-lo. Convida Justino e Paulo César para que nos acompanhem num giro pela cidade, e para meu assombro, ambos prontamente aceitam. A desconfiança sucumbira à fisionomia leal do recém-chegado.

O futuro autor d'*O mestiço de São Borja* nos mostra parte daquilo que, em Paris, deve ser mostrado e, mais tarde, leva-nos ao *Le Dôme*, célebre café frequentado por Hemingway, Henry Miller e Jean-Paul Sartre.

    Naquela noite vou dormir em seu apartamento, para que possamos conversar. Percebo que ainda trago sequelas do tratamento. Cheuiche disserta sobre política e não consigo entendê-lo, como no dia em que Jaime criticou a medicina soviética. Também estranho a desenvoltura de sua linguagem: não embarca naquele trem que, no instituto ou no alojamento, acostumei-me a viajar, vagões que se moviam pesadamente em trilhos de bitola estreita e não tinham assentos vagos para a opinião pessoal.

    No dia da viagem, almoço com o amigo num restaurante da *Rive Gauche* – é uma profusão de queijos com vinho – e à noite ele nos conduz a Orly. Estou animado. Encontrar um conterrâneo, em meio às incertezas do itinerário, é como uma certeza de estar quase em casa. Mas algo me incomoda. Já estamos voando para Buenos Aires e espio meus companheiros, pensando que a catadura do incômodo, afinal, tem as feições deles. Se estivesse só, poderia permanecer uma semana ou mais na capital da França.

    Era isso?

    Não, não era, e eu só descobriria a natureza de minha inquietação em Buenos Aires: com aquele vai não vai a respeito de meu encontro de afeto e gratidão, que fora elevado a *punctum saliens* de nosso tríduo parisiense, nós nos esquecêramos de ir buscar o visto na embaixada argentina.

***

Em Buenos Aires, pousou o avião às sete da manhã e antes que nos aquecesse o sol do hemisfério já estávamos detidos pela autoridade policial do aeroporto. Éramos brasileiros, certo, e éramos vizinhos, mas vínhamos de outro continente e, sem o pressuposto diplomático, não entrávamos na Argentina. A detenção era tão informal quanto eficaz: não nos isolavam, tampouco nos vigiavam, mas a proibição de deixar o aeroporto era caucionada pela apreensão de passaportes e bagagens.

Duas alternativas nos ofereceram: voltar a Paris ou seguir para o Brasil. Nenhuma servia. Voltar era um absurdo e uma impossibilidade, já não tínhamos dinheiro para tanto. Seguir, um risco. Depois do que ocorrera no Galeão, na ida, não era um excesso supor que uma lista com nossos nomes estivesse arquivada no posto policial dos principais aeroportos do país.

Perguntamos aos policiais se, comprando passagens para Montevidéu, nossos passaportes e bagagens seriam liberados. Sim, seriam, e daí? Era apenas uma mudança na geografia do problema: se para efeito legal não desembarcáramos na Argentina, subentendia-se que chegávamos a Montevidéu vindos da Europa. E cadê o visto da embaixada uruguaia em Paris? Essa lacuna talvez pudesse ser suprida com uma visita à embaixada uruguaia na Argentina. Mas como fazê-lo, se não podíamos sair do aeroporto e não nos entregavam os passaportes antes do embarque para qualquer lugar?

Era um impasse em moto-perpétuo: para dar o segundo passo, necessitávamos do primeiro, que presumia o segundo antes dele.

Telefonamos para o argentino que deveria estar à nossa espera e, justo numa contingência adversa, ocorreu a primeira e única falha do roteiro: chamava o telefone e ninguém atendia. Justino suspeitou de que trocara o número. Eu o trazia no cartão, dentro da meia: estava certo. Decidimos esperar pela tarde. Era um domingo, quem sabe o companheiro se ausentara da cidade.

Parecia mentira que, tão perto do Brasil, a falta de um carimbo nos acorrentasse ao Aeroporto de Ezeiza.

A tarde toda tentamos, em vão, falar com nosso homem na Argentina. Era a primeira vez que via Justino inquieto, tão inquieto que cogitou de um recurso excêntrico: abandonar passaportes e bagagens, fugir para a cidade e, com a ajuda do relapso anfitrião, entrar clandestinamente no Brasil. Paulo César concordou, eu não. Se quisessem, podiam ir. Eu ficava. Se já tínhamos problemas para entrar em nosso país, não era de bom aviso criar outros para sair do país vizinho.

Ficamos.

À tardinha, uma mulher respondeu à chamada. Justino deu a senha, ela não entendeu e desligou. Ele tentou novamente e a mulher tornou a desligar. Ou estava errado o número que nos deram ou o contato, sobre ausentar-se, não delegara a ninguém a missão de nos receber.

Esperamos que anoitecesse.

E à noite, pedi a Justino que me deixasse ligar – meu espanhol era melhor. A mulher estava ao lado do telefone, atendeu ao primeiro toque. Dei a senha e ela silenciou, eu tinha a impressão de ouvir sua respiração, que talvez fosse a minha. Depois desligou. Estava assustada.

Nós também estávamos.

Se em nosso susto, contudo, houvesse uma gradação, diria eu que a mim me abalava menos do que a eles. Ambos eram paulistas, sem laços culturais com o universo hispano-americano, ao passo que para mim, que me criara indo a Libres, Alvear, Artigas ou Rivera, Argentina e Uruguai eram noções familiares. Para quem vinha de Moscou e ia para o Rio Grande, estar em Buenos Aires era como pisar no umbral da casa. De resto, vinha pensando num meio de sair daquele apuro. Não era uma alternativa legal, mas um pedido de socorro e, antes, um passo no escuro, por isso não quis revelar aos meus companheiros do que se tratava.

Era preciso esperar que amanhecesse.

Passamos a noite nos bancos do aeroporto. Na manhã de segunda-feira, abrindo-se os escritórios das empresas aéreas, procurei o gerente da VARIG. Era um homem ainda moço, muito gentil, e eu lhe disse toda a verdade, sem esconder nem mesmo que, se fôssemos para o Brasil, seríamos presos. Ouviu-me em silêncio e sua resposta comprovou que minha expectativa se justificava: se comprássemos ali as passagens para Montevidéu, a VARIG recuperava passaportes e bagagens e nos garantia o desembarque.

Assim fizemos.

Uma funcionária da empresa, usando uma porta secundária, conduziu-nos ao avião. Após a decolagem, o comissário nos entregou os passaportes, instruindo-nos sobre a chegada ao Aeroporto de Carrasco: permanecêssemos na aeronave até que nos viesse buscar. Ao desembarcarmos, já não havia ninguém para fiscalizar, carimbar ou exigir o que quer que fosse. O comissário desembaraçou nossas malas não no lugar próprio, mas no balcão da companhia, e nos levou ao táxi. Estávamos tão contentes quanto pode estar alguém que, demandando à Terra Prometida, atravessou um rio profundo, sabendo, no entanto, que tem outros rios profundos pela frente.

***

No Hotel Alhambra, ressabiados com o desencontro de Buenos Aires, tratamos de chamar o sindicalista exilado que nos esperava. Era um mulato alto, robusto, parcialmente calvo. Alegando problemas particulares, disse que não poderia nos levar de automóvel a Rivera, como fora programado. No trajeto para o hotel tivera o cuidado de adquirir nossas passagens – íamos de ônibus, na manhã seguinte. Quando Justino o ressarciu dessa despesa, exigiu mais 300 dólares – 100 de cada um –, a título de contribuição para os brasileiros no exílio, e pediu para examinar nossas bagagens: não era conveniente transportar objetos que denunciassem nossa procedência.

Eu não acreditava que alguém fosse revisar nossas malas numa viagem doméstica de ônibus. Se o Uruguai era uma democracia – a pátria dos exilados –, por que alguém haveria de se preocupar com as pequenas lembranças que trazíamos da Rússia, onde estivéramos, segundo os passaportes, apenas sete dias? O homem foi inflexível, recebera instruções específicas do PCUS e não pretendia negligenciar seu mandato.

Justino e Paulo César, receosos do que viria pelo caminho, abriram mão de tudo que traziam, exceto uma muda de roupa. Eu resisti quanto pude: se eram tão específicas as instruções nesse particular e tinha de cumpri-las, por que alegava dificuldades pessoais para descumprir o não menos específico encargo de nos levar de carro a Rivera? Eu também tinha "dificuldades pessoais" de lhe entregar o que me pertencia.

Discuti cada peça que o homem apartou, mas os companheiros tomaram o partido do visitante e, numa pendência de um contra três, perdi metade da bagagem: minha *chápka*, roupas, discos, quase todos os presentes e até uma das malas, que o homem requisitou para carregar seu butim. Não quis levar os cinzeiros, e os cinzeiros traziam imagens de Moscou. Nem os livros. E eram livros escritos em russo.

O colar de âmbar eu salvei.

***

Chegamos a Rivera por volta do meio-dia e atravessamos a fronteira a pé. O proprietário do Hotel Parque ouviu a senha e nos acomodou num único quarto, para o qual teve de arrastar mais uma cama. Evitou conversar conosco, como se temesse ser visto em nossa companhia, e depois sumiu de tal modo que não o encontramos nem para perguntar onde se localizava a Estação Rodoviária.

Estávamos no Brasil.

Após o almoço, Justino recolheu os passaportes, para destruí-los. O meu, desejaria conservá-lo e o entreguei a contragosto. Cedi nesse ponto, não cedi em outro: ia para Alegrete. Justino quis impedir, invocando nosso compromisso de obediência ao roteiro, mas eu não via sentido em viajar 500 km até Porto Alegre, para me apresentar a um certo Dante, quando estava a menos de 150 de minha casa. Que ele mesmo levasse ao dito contato a notícia de que eu estava a salvo. Se não quisesse fazê-lo, eu o faria na outra semana, quando fosse à capital reassumir meu cargo na Justiça do Trabalho.

Não nos entendemos.

Como último recurso, negou-me a terça parte dos dólares restantes. Em vão. De mala em punho, sem um níquel no bolso, saí à procura da Estação Rodoviária. Fazia muito calor, eu vestia roupas de inverno e transpirava.

Ônibus para Alegrete, só na parte da manhã, e portanto já seguira. Pude me conformar com a ideia de passar a noite em Livramento, mas não pude convencer o funcionário a me vender uma passagem a ser paga no destino. Desisti do ônibus e contratei um carro de praça. O motorista foi buscar um amigo para acompanhá-lo e partimos.

Chegamos a Alegrete ao entardecer.

A temperatura continuava alta e me lembrei de Prestes dizendo que, sob a cidade, havia uma imensa laje: à tardinha e à noite, o calor absorvido ao longo do dia começava a subir e a fibrilar.

O comércio já fechara e em minha rua nem uma só janela aberta – era a praxe dos dias quentes, para manter dentro de casa o frescor da sombra. Nas calçadas, nem uma só alma, e na esquina do Posto Mautone cruzava uma carroça. Naquela suada calmaria de província, chegava alguém da Rússia. Era como se esse alguém voltasse, como Teseu, do reino dos mortos.

E o ex-morto, febril, abre o portão.

Não é a mesma pessoa que por ele saiu, na despedida de 63. Ou é a mesma, sim, com as feridas do combate – os pedaços da alma que deixei num país gelado e agora fazem parte de outras almas. Mas o que os sentimentos tiram, os sentimentos dão: trago comigo a melodia daquelas almas, que agora também é a minha. E dentro de mim vem Jaime com seu pijama desabotoado, e vem Nina com seu traje de princesa, e vem Lara com suas mãos molhadas e vem Elisa com seus grandes olhos negros e vem até a *glávni vratch*, a perguntar se tomei os comprimidos. Entramos, todos nós. Vemos nossa mãe no quintal, a colher de sua parreira as últimas uvas de março. Ela também nos vê, dá um grito e corre ao nosso encontro. E estamos todos desesperados para juntar nossos pedaços aos dela, que é ela mesma, nossa mãe, e é também um símbolo de tudo aquilo que amamos e, na Rússia, nos fez tanta falta. E no instante em que mãos procuram mãos, em que corpos se unem a corpos, em que lágrimas se fundem e falam e clamam, ainda conseguimos lembrar os pais de Lindoval, lá em Pernambuco, que jamais terão essa alegria.

***

Muitas pessoas vieram me visitar, familiares, alguns amigos, e a notícia chegou velozmente aos quartéis: em seu negócio, meu pai recebeu um telefonema do 6º Regimento de Cavalaria, onde eu deveria comparecer sem demora para ser interrogado. Era esta, além dos rios profundos, a Terra Prometida? Começava meu aprendizado de um Brasil que não conhecia e do qual só ouvira falar a milhares de quilômetros de distância, com voz de pesadelo.

No dia em que, na periferia da cidade, subi a coxilha onde se localizava o quartel, lembrava-me novamente do velho Prestes, do que ele dissera no Rio, na sede do partido: se eu ainda não era comunista, voltaria sendo.

Naquele tempo eu era, camarada Prestes.

E agora, continuava sendo?

Meus sentimentos eram tão confusos como poderiam ser os do mendigo que não tem lugar no mundo e que os comerciantes, nos dias de frio e chuva, costumam expulsar de suas marquises. Se tivera tantos problemas na Rússia e voltaria a tê-los no Brasil – e como os tive, camarada Prestes! –, em que lugar morava agora a minha esperança? Muitos anos se passariam antes que o lugar dela deixasse de ser a prisão dessa pergunta.

O autor

SERGIO FARACO nasceu em Alegrete, no Rio Grande do Sul, em 1940. Nos anos 1963-1965 viveu na União Soviética, tendo cursado o Instituto Internacional de Ciências Sociais, em Moscou. Mais tarde, no Brasil, bacharelou-se em Direito. Em 1988, seu livro *A dama do Bar Nevada* obteve o Prêmio Galeão Coutinho, conferido pela União Brasileira de Escritores ao melhor volume de contos lançado no Brasil no ano anterior. Em 1994, com *A lua com sede*, recebeu o Prêmio Henrique Bertaso (Câmara Rio-Grandense do Livro, Clube dos Editores do RS e Associação Gaúcha de Escritores), atribuído ao melhor livro de crônicas do ano. No ano seguinte, como organizador da coletânea *A cidade de perfil*, fez jus ao Prêmio Açorianos de Literatura – Crônica, instituído pela Prefeitura Municipal de Porto Alegre. Em 1996, foi novamente distinguido com o Prêmio Açorianos de Literatura – Conto, pelo livro *Contos completos*. Em 1999, recebeu o Prêmio Nacional de Ficção, atribuído pela Academia Brasileira de Letras à coletânea *Dançar tango em Porto Alegre* como a melhor obra de ficção publicada no Brasil em 1998. Em 2000, a Rede Gaúcha SAT/RBS Rádio e Rádio CBN 1340 conferiram ao seu livro de contos *Rondas de escárnio e loucura* o troféu Destaque Literário (Obra de Ficção) da 46ª Feira do

Livro de Porto Alegre (Júri Oficial). Em 2001, recebeu mais uma vez o Prêmio Açorianos de Literatura – Conto, por *Rondas de escárnio e loucura*. Em 2003, recebeu o Prêmio Erico Verissimo, outorgado pela Câmara Municipal de Porto Alegre pelo conjunto da obra, e o Prêmio Livro do Ano (Não Ficção) da Associação Gaúcha de Escritores, por *Lágrimas na chuva*, que também foi indicado como Livro do Ano pelo jornal *Zero Hora*, em sua retrospectiva de 2002, e eleito pelos internautas, no site ClicRBS, como o melhor livro rio-grandense publicado no ano anterior. Em 2004, a reedição ampliada de *Contos completos* é distinguida com o Prêmio Livro do Ano no evento O Sul e os Livros, patrocinado pelo jornal *O Sul*, TV Pampa e Supermercados Nacional. No mesmo evento, é agraciada como o Destaque do Ano a coletânea bilíngue *Dall'altra Sponda / Da outra margem*, em que participa ao lado de Armindo Trevisan e José Clemente Pozenato. Ainda em 2004, seu conto "Idolatria" aparece na antologia *Os cem melhores contos brasileiros do século*, organizada por Ítalo Moriconi. Em 2007, recebe o prêmio de Livro do Ano – Categoria Não Ficção, da Associação Gaúcha de Escritores, pelo livro *O crepúsculo da arrogância*, e o Prêmio Fato Literário – Categoria Personalidade, atribuído pelo Grupo RBS de Comunicações. Em 2008, recebe a Medalha Cidade de Porto Alegre, concedida pela Prefeitura Municipal, e tem o conto "Majestic Hotel" incluído na antologia *Os melhores contos da América Latina*, organizada por Flávio Moreira da Costa. Em 2009, seu conto "Guerras greco-pérsicas" integra a antologia *Os melhores contos brasileiros de todos os tempos*, organizada por Flávio Moreira da Costa. Em 2010, recebe da Secretaria Municipal de Cultura de Porto Alegre o Prêmio Joaquim Felizardo (Literatura) e tem o conto "Dançar tango em Porto Alegre" incluído na antologia universal *Contos de amor e desamor*, organizada por Flávio Moreira da Costa. Em 2014, recebe o Troféu Guri, conferido pela Rádio Gaúcha e pelo Grupo RBS a personalidades que, em suas atividades, promoveram o Rio Grande do Sul no Brasil e no exterior. Seus contos foram publicados nos seguintes países: Alemanha, Argentina, Bulgária, Chile, Colômbia, Cuba, Estados Unidos, Itália, Luxemburgo, Paraguai, Portugal, Uruguai e Venezuela.

Agradecimentos

Aos meus amigos José Grisolia Filho e Newton Alvim, de A Notícia, *de São Luiz Gonzaga, onde este livro foi publicado em capítulos semanais, de 9 de fevereiro a 28 de setembro de 2002;*

À minha mulher, Ana Cybele, e meus filhos, Bianca, Angélica e Bruno, pelo último ano em que troquei o calor de nossa casa pela solidão destas lembranças no gelo;

Aos meus amigos Luiz Antonio de Assis Brasil, que acompanhou passo a passo a gestação deste livro, e Moacyr Scliar, que sempre o cobrou;

Ao meu editor, Ivan Pinheiro Machado, por me obrigar a trabalhar. Eu o perdoo por ter feito com que, nesses meses, eu trabalhasse mais do que devia.

S.F.

Coleção L&PM POCKET (Lançamentos mais recentes)

1106. **Psicologia das massas e análise do eu** – Freud
1107. **Guerra Civil Espanhola** – Helen Graham
1108. **A autoestrada do sul e outras histórias** – Julio Cortázar
1109. **O mistério dos sete relógios** – Agatha Christie
1110. **Peanuts: Ninguém gosta de mim... (amor)** – Charles Schulz
1111. **Cadê o bolo?** – Mauricio de Sousa
1112. **O filósofo ignorante** – Voltaire
1113. **Totem e tabu** – Freud
1114. **Filosofia pré-socrática** – Catherine Osborne
1115. **Desejo de status** – Alain de Botton
1118. **Passageiro para Frankfurt** – Agatha Christie
1120. **Kill All Enemies** – Melvin Burgess
1121. **A morte da sra. McGinty** – Agatha Christie
1122. **Revolução Russa** – S. A. Smith
1123. **Até você, Capitu?** – Dalton Trevisan
1124. **O grande Gatsby (Mangá)** – F. S. Fitzgerald
1125. **Assim falou Zaratustra (Mangá)** – Nietzsche
1126. **Peanuts: É para isso que servem os amigos (amizade)** – Charles Schulz
1127(27). **Nietzsche** – Dorian Astor
1128. **Bidu: Hora do banho** – Mauricio de Sousa
1129. **O melhor do Macanudo Taurino** – Santiago
1130. **Radicci 30 anos** – Iotti
1131. **Show de sabores** – J.A. Pinheiro Machado
1132. **O prazer das palavras** – vol. 3 – Cláudio Moreno
1133. **Morte na praia** – Agatha Christie
1134. **O fardo** – Agatha Christie
1135. **Manifesto do Partido Comunista (Mangá)** – Marx & Engels
1136. **A metamorfose (Mangá)** – Franz Kafka
1137. **Por que você não se casou... ainda** – Tracy McMillan
1138. **Textos autobiográficos** – Bukowski
1139. **A importância de ser prudente** – Oscar Wilde
1140. **Sobre a vontade na natureza** – Arthur Schopenhauer
1141. **Dilbert (8)** – Scott Adams
1142. **Entre dois amores** – Agatha Christie
1143. **Cipreste triste** – Agatha Christie
1144. **Alguém viu uma assombração?** – Mauricio de Sousa
1145. **Mandela** – Elleke Boehmer
1146. **Retrato do artista quando jovem** – James Joyce
1147. **Zadig ou o destino** – Voltaire
1148. **O contrato social (Mangá)** – J.-J. Rousseau
1149. **Garfield fenomenal** – Jim Davis
1150. **A queda da América** – Allen Ginsberg
1151. **Música na noite & outros ensaios** – Aldous Huxley
1152. **Poesias inéditas & Poemas dramáticos** – Fernando Pessoa
1153. **Peanuts: Felicidade é...** – Charles M. Schulz
1154. **Mate-me por favor** – Legs McNeil e Gillian McCain
1155. **Assassinato no Expresso Oriente** – Agatha Christie
1156. **Um punhado de centeio** – Agatha Christie
1157. **A interpretação dos sonhos (Mangá)** – Freud
1158. **Peanuts: Você não entende o sentido da vida** – Charles M. Schulz
1159. **A dinastia Rothschild** – Herbert R. Lottman
1160. **A Mansão Hollow** – Agatha Christie
1161. **Nas montanhas da loucura** – H.P. Lovecraft
1162(28). **Napoleão Bonaparte** – Pascale Fautrier
1163. **Um corpo na biblioteca** – Agatha Christie
1164. **Inovação** – Mark Dodgson e David Gann
1165. **O que toda mulher deve saber sobre os homens; a afetividade masculina** – Walter Riso
1166. **O amor está no ar** – Mauricio de Sousa
1167. **Testemunha de acusação & outras histórias** – Agatha Christie
1168. **Etiqueta de bolso** – Celia Ribeiro
1169. **Poesia reunida (volume 3)** – Affonso Romano de Sant'Anna
1170. **Emma** – Jane Austen
1171. **Que seja em segredo** – Ana Miranda
1172. **Garfield sem apetite** – Jim Davis
1173. **Garfield: Foi mal...** – Jim Davis
1174. **Os irmãos Karamázov (Mangá)** – Dostoiévski
1175. **O Pequeno Príncipe** – Antoine de Saint-Exupéry
1176. **Peanuts: Ninguém mais tem o espírito aventureiro** – Charles M. Schulz
1177. **Assim falou Zaratustra** – Nietzsche
1178. **Morte no Nilo** – Agatha Christie
1179. **Ê, soneca boa** – Mauricio de Sousa
1180. **Garfield a todo o vapor** – Jim Davis
1181. **Em busca do tempo perdido (Mangá)** – Proust
1182. **Cai o pano: o último caso de Poirot** – Agatha Christie
1183. **Livro para colorir e relaxar** – Livro 1
1184. **Para colorir sem parar**
1185. **Os elefantes não esquecem** – Agatha Christie
1186. **Teoria da relatividade** – Albert Einstein
1187. **Compêndio da psicanálise** – Freud
1188. **Visões de Gerard** – Jack Kerouac
1189. **Fim de verão** – Mohiro Kitoh
1190. **Procurando diversão** – Mauricio de Sousa
1191. **E não sobrou nenhum e outras peças** – Agatha Christie
1192. **Ansiedade** – Daniel Freeman & Jason Freeman
1193. **Garfield: pausa para o almoço** – Jim Davis
1194. **Contos do dia e da noite** – Guy de Maupassant
1195. **O melhor de Hagar 7** – Dik Browne
1196(29). **Lou Andreas-Salomé** – Dorian Astor
1197(30). **Pasolini** – René de Ceccatty

1198. **O caso do Hotel Bertram** – Agatha Christie
1199. **Crônicas de motel** – Sam Shepard
1200. **Pequena filosofia da paz interior** – Catherine Rambert
1201. **Os sertões** – Euclides da Cunha
1202. **Treze à mesa** – Agatha Christie
1203. **Bíblia** – John Riches
1204. **Anjos** – David Albert Jones
1205. **As tirinhas do Guri de Uruguaiana 1** – Jair Kobe
1206. **Entre aspas (vol.1)** – Fernando Eichenberg
1207. **Escrita** – Andrew Robinson
1208. **O spleen de Paris: pequenos poemas em prosa** – Charles Baudelaire
1209. **Satíricon** – Petrônio
1210. **O avarento** – Molière
1211. **Queimando na água, afogando-se na chama** – Bukowski
1212. **Miscelânea septuagenária: contos e poemas** – Bukowski
1213. **Que filosofar é aprender a morrer e outros ensaios** – Montaigne
1214. **Da amizade e outros ensaios** – Montaigne
1215. **O medo à espreita e outras histórias** – H.P. Lovecraft
1216. **A obra de arte na era de sua reprodutibilidade técnica** – Walter Benjamin
1217. **Sobre a liberdade** – John Stuart Mill
1218. **O segredo de Chimneys** – Agatha Christie
1219. **Morte na rua Hickory** – Agatha Christie
1220. **Ulisses (Mangá)** – James Joyce
1221. **Ateísmo** – Julian Baggini
1222. **Os melhores contos de Katherine Mansfield** – Katherine Mansfied
1223(31). **Martin Luther King** – Alain Foix
1224. **Millôr Definitivo: uma antologia de** *A Bíblia do Caos* – Millôr Fernandes
1225. **O Clube das Terças-Feiras e outras histórias** – Agatha Christie
1226. **Por que sou tão sábio** – Nietzsche
1227. **Sobre a mentira** – Platão
1228. **Sobre a leitura** seguido do **Depoimento de Céleste Albaret** – Proust
1229. **O homem do terno marrom** – Agatha Christie
1230(32). **Jimi Hendrix** – Franck Médioni
1231. **Amor e amizade e outras histórias** – Jane Austen
1232. **Lady Susan, Os Watson e Sanditon** – Jane Austen
1233. **Uma breve história da ciência** – William Bynum
1234. **Macunaíma: o herói sem nenhum caráter** – Mário de Andrade
1235. **A máquina do tempo** – H.G. Wells
1236. **O homem invisível** – H.G. Wells
1237. **Os 36 estratagemas: manual secreto da arte da guerra** – Anônimo
1238. **A mina de ouro e outras histórias** – Agatha Christie
1239. **Pic** – Jack Kerouac
1240. **O habitante da escuridão e outros contos** – H.P. Lovecraft
1241. **O chamado de Cthulhu e outros contos** – H.P. Lovecraft
1242. **O melhor de Meu reino por um cavalo!** – Edição de Ivan Pinheiro Machado
1243. **A guerra dos mundos** – H.G. Wells
1244. **O caso da criada perfeita e outras histórias** – Agatha Christie
1245. **Morte por afogamento e outras histórias** – Agatha Christie
1246. **Assassinato no Comitê Central** – Manuel Vázquez Montalbán
1247. **O papai é pop** – Marcos Piangers
1248. **O papai é pop 2** – Marcos Piangers
1249. **A mamãe é rock** – Ana Cardoso
1250. **Paris boêmia** – Dan Franck
1251. **Paris libertária** – Dan Franck
1252. **Paris ocupada** – Dan Franck
1253. **Uma anedota infame** – Dostoiévski
1254. **O último dia de um condenado** – Victor Hugo
1255. **Nem só de caviar vive o homem** – J.M. Simmel
1256. **Amanhã é outro dia** – J.M. Simmel
1257. **Mulherzinhas** – Louisa May Alcott
1258. **Reforma Protestante** – Peter Marshall
1259. **História econômica global** – Robert C. Allen
1260(33). **Che Guevara** – Alain Foix
1261. **Câncer** – Nicholas James
1262. **Akhenaton** – Agatha Christie
1263. **Aforismos para a sabedoria de vida** – Arthur Schopenhauer
1264. **Uma história do mundo** – David Coimbra
1265. **Ame e não sofra** – Walter Riso
1266. **Desapegue-se!** – Walter Riso
1267. **Os Sousa: Uma família do barulho** – Mauricio de Sousa
1268. **Nico Demo: O rei da travessura** – Mauricio de Sousa
1269. **Testemunha de acusação e outras peças** – Agatha Christie
1270(34). **Dostoiévski** – Virgil Tanase
1271. **O melhor de Hagar 8** – Dik Browne
1272. **O melhor de Hagar 9** – Dik Browne
1273. **O melhor de Hagar 10** – Dik e Chris Browne
1274. **Considerações sobre o governo representativo** – John Stuart Mill
1275. **O homem Moisés e a religião monoteísta** – Freud
1276. **Inibição, sintoma e medo** – Freud
1277. **Além do princípio de prazer** – Freud
1278. **O direito de dizer não!** – Walter Riso
1279. **A arte de ser flexível** – Walter Riso
1280. **Casados e descasados** – August Strindberg
1281. **Da Terra à Lua** – Júlio Verne
1282. **Minhas galerias e meus pintores** – Kahnweiler e Crémieux

lepmeditores
www.lpm.com.br
o site que conta tudo

IMPRESSÃO:

PALLOTTI
GRÁFICA

Santa Maria - RS | Fone: (55) 3220.4500
www.graficapallotti.com.br